모노드라마

웨딩드레스

모노드라마

웨딩드레스

이주화

> "
> 무대 위의 삶.
> 관객과 만나는 이 순간,
> 나는 살아있다.
> "

평민사

목차

• 들어가며 ·········· 8

1부
꿈은 어떻게 시작되는가 _11

2부
준비의 시간, 고비를 넘는 법 _17

1. 대본을 읽으며 _19
2. 연습의 시간 _21
3. 무대 준비와 고비 _22
　1) D-30. 공연 한 달 전 _22
　2) D-29. 대본과 숨, 그리고 모노드라마의 탄생 _24
　3) D-28. 모노극의 의미 _28
　4) D-27. 덜컥 시작한 연기자 생활 _29
　5) D-26. 다시 시작이다 _31
　6) D-25. 나의 간절함. 삭발 연기 _33
　7) D-24. 사투리 연기 _36
　8) D-23. 새장 _39
　9) D-22. 연기는 생활이다 _41
　10) D-21. 외로움과 책임감 _43
　11) D-20. 책에 답이 있다 _45
　12) D-19. 엄마와 딸 _47

13) D-18. 신체의 기억, 인물의 탄생, 몸으로 빚어내는
      이야기 _49

14) D-17. 나를 지우기 _52

15) D-16. 진실의 무대, 그라나다 집시의 눈빛 _53

16) D-15. 나를 만드는 가족 _56

17) D-14. 성격구축 _58

18) D-13. 대본과 발견 _62

19) D-12. 나를 위한 객석 _65

20) D-11. 움직임과 소품의 힘 _66

21) D-10. 감사합니다 _70

22) D-9. 매일 숨 쉬듯이 [연기 훈련법] _72

23) D-8. 연기변신 _76

24) D-7. 공백 _78

25) D-6. 매력 _80

26) D-5. 인터뷰 _83

27) D-4. 설렘 _86

28) D-3. 작은 움직임 _89

29) D-2. 늘 감사하는 마음으로 _93

3부
무대 위의 삶 _95

1. 첫 공연의 두려움과 설렘 _97

  1) D-1 테트리스 : 공연 전날의 심장 박동 _97

  2) D-DAY 첫 공연 : 무대에 오르기 전 _101

  3) 첫 공연을 마치고 _105

2. 끝맺음 그리고 새로운 시작 _108

3. 관객과의 만남, 삶도 연극이다 _110

4부
낯선 곳에서 나를 증명하다
-영국과 일본 공연 _113

1. Dream Come True _115
2. 에든버러를 향한 낯선 노전 _117
3. 낯선 도전 앞에서 _121
4. 18시간의 설렘 (첫 공연 낯선 땅에서) _123
5. 에든버러, 무대 위의 첫 숨결 _125
6. 이 순간, 나는 살아있다 _128
7. 눈물 속 에든버러 _131
8. 에든버러의 기억들 _133
9. 사인으로 가득한 웨딩드레스 _137
10. 시간과 공간을 잇는 웨딩드레스 – 일본 공연 _139

5부
공연이 끝난 후에도 남는 것 _143

1. 무대조명이 꺼진 뒤 _145
2. 세계가 담긴 웨딩드레스 _149
3. 외로움 속에서 배운 것 _152
4. 다음 무대를 향한 다짐 _156
5. 후배 배우에게 보내는 편지 _160

들어가며

나는 배우다.

그리고 이 책은 내가 처음으로 혼자 무대에 서기로 결심했던 순간부터, 그 결심이 실제 무대 위의 시간이 되기까지, 그리고 무대 위에서 그 사람들의 삶을 온몸으로 살아낸 기록이다.

'모노드라마'는 혼자 하는 연기처럼 보이지만 결코 혼자의 작업이 아니다. 나를 지나온 수많은 관계들, 주고받았던 말과 말하지 못한 침묵, 사랑과 후회, 기다림과 상실이 한 사람의 몸 안으로 모여 비로소 하나의 이야기가 된다.

1인극 〈웨딩드레스〉는 입혀 주기 위해, 그리고 입기 위해 만들었지만 끝내 입지 못한 옷에 대한 이야기이며, 사라진 사람들 대신 남겨진 마음이 어떻게 살아남는가에 대한 기록이기도 하다.

나는 〈웨딩드레스〉를 통해 마음과 상상력을 조금 더 자유롭게 열어 하나의 역할에 온전히 몰입했고 어느 순간 엉켜 있던 삶의 실타래가 조용히 풀리는 경험을 했다.

그래서 이 책의 글들은 무대에서 잘 해내는 연기의 방법론에 굳이 천착하지 않는다. 다만 한 배우가 두려움과 흔들림 속에서도 끝까지 무대에 서보려 했던 시간과 선택을 솔직하게 남기려 애썼다.

연기를 꿈꾸는 누군가에게, 이 글의 조각들이 작은 용기가 되기를 바라는 마음이다. 그리고 삶의 어느 한 장면 앞에서, 잠시 멈춰 서 있는 누군가에겐 숨을 고를 수 있는 여백이 되기를 희망한다.

이제, 무대에 오르기 전의 이야기부터 공연 후 막을 내린 무대의 침묵까지 한 장씩 꺼내어 본다.

1부
꿈은 어떻게 시작되는가?

배우라면 누구나 한 번쯤은 1인극, 모노드라마를 꿈꾼다.
나 역시 막연한 상상이 아닌 "배우 인생 30년이 되면
나만의 모노드라마로 정리하겠다"는
다짐을 늘 품고 살아왔다.

배우라면 누구나 한 번쯤은 1인극, 모노드라마를 꿈꾼다. 나 역시 막연한 상상이 아닌 "배우 인생 30년이 되면 나만의 모노드라마로 정리하겠다"는 다짐을 늘 품고 살아왔다.

나는 '꿈이 이루어진다'는 사실을 잘 안다. 가족과 세계여행을 꿈꿀 때도 냉장고에 '가족 꿈 목록'을 붙여 두었다. 한 달의 꿈, 1년간의 꿈, 평생토록 희망하는 꿈… 단순한 상상이 아니라 구체적으로 글로 적어두면 꿈은 현실로 다가온다. 그 목록에는 '가족 세계여행'이 있었고, '30년 후의 모노드라마'도 있었다.

첫 꿈은 이뤄졌다. 우리 가족은 1년간 가족 세계여행을 다녀왔고, 이젠 탤런트가 된 후 30년간 준비한 나의 모노드라마 무대가 눈앞이다. 꿈을 쓰고 노력하면 현실이 된다는 걸 새삼 느낀다. 나는 지금도 매달 새로운 꿈 목록을 적어 내려간다.

누구나 마음속에 무대가 있다. 그 무대는 가정에서, 학교에서, 때론 직장에서, 혹은 자기 자신과 마주하는 내면의 공간일 수 있다. 수많은 사람들이 그 무대를 꺼내 보여줬다.

J.K. 롤링은 생활고 속에서도 '해리 포터'라는 꿈을 포기하지 않았고, 스티브 잡스는 해고당한 후에야 세상을 더욱 놀라게 했다. 김연아는 수많은 부상과 좌절 속에서도 올림픽 금메달을 거머쥐었다.

배우도 마찬가지다. 메릴 스트립과 로버트 드 니로, 휴 잭맨, 라이언 레이놀즈는 작은 배역과 숱한 실패를 견디며 세계 최고의 배우가 되었다. 국내 배우 중에도 그런 사례는 많다. 송강호, 황정민, 염혜란, 이정은 등등. 그리고 나, 이주화 역시 30년간 한 우물을 판 끝에 모노드라마 〈웨딩드레스〉를 국내외 무대에 올렸다.

"당신의 인생에도 아직 무대에 오르지 않은 꿈이 있지 않나요?"

꿈은 막연한 상상에 머물 수 있다. 현실로 꺼내려면 준비와 몰입이 필요하다. 모노드라마를 위해서는 대본이 있어야 하고, 극장, 무대가 준비되어야 하고, 끊임없이 연습해야 한다. "할 수 있을까"라는 두려움도 있지만, 그 길을 피할 수는 없다.

1년간의 가족 세계여행이 '목록 속 글자'에서 '현실의 여정'으로 바뀌었듯, 나의 모노드라마도 이제는 실제 무대로 옮겨간다. 그 과정에서 나는 꿈을 품은 배우가 아니라, 그 꿈을 현실로 마주

하는 배우가 되었다. 나는 지금도 매달 새로운 꿈의 목록을 적어
내려가고 있다.

꿈은 막연한 상상이 아니라, 기록하고 구체화할 때 비로소 출
발한다. 마음속 무대는 누구에게나 존재한다. 당신의 꿈은 무
엇인가요?

2부
준비의 시간, 고비를 넘는 법

대본을 해석한다는 것은
결국 배우 자신의 삶을 불러내는 일이다.
관객은 꾸며낸 대사를 듣고 싶어 하지 않는다.
그들이 기대하는 건,
배우가 삶으로 살아낸 한 줄의 진실이다.

Mondrian
Wedding Dress

1. 대본을 읽으며
인생의 자기 서사 만들기

〈웨딩드레스〉 대본을 처음 받았을 때, 그것은 단순한 글자가 아니었다. 종이 위에 적힌 문장은 작가의 것이지만, 무대 위에서는 내 것이 되어야 한다.

배우는 작가의 글을 자기 삶의 서사로 다시 써 내려가는 사람이다. 대본 속 '엄마'의 이야기를 읽으며 나는 자연스레 내 엄마를 떠올렸고, '딸'을 연기할 때는 나의 실제 딸과 오버랩됐다. 그리고 '손녀'를 생각할 때, 나는 세상에서 가장 소중했던 작은 존재들을 기억했다.

대본을 해석한다는 것은 결국 배우 자신의 삶을 불러내는 일이다. 관객은 꾸며낸 대사를 듣고 싶어 하지 않는다. 그들이 기대하는 건, 배우가 삶으로 살아낸 한 줄의 진실이다.

■ 인생도 연기 ■

우리는 모두 각자의 '대본'을 받는다. 부모로서의 역할, 직장에서의 책임을 가진다. 사회 속에서 각자의 몫을 부여받는다. 그것을 어떻게 해석하느냐에 따라 우리의 인생무대는 전혀 다른 이야기를 꽃피운다.

'웨딩드레스와 해림이 신발'
〈웨딩드레스〉 대본을 처음 받았을 때, 그것은 단순한 글자가 아니었다.
종이 위에 적힌 문장은 작가의 것이지만,
무대 위에서는 내 것이 되어야 한다.

2. 연습의 시간
실패와 반복을 견디는 힘

첫 〈웨딩드레스〉 대본을 늘고 연습실에 앉았을 때, 나는 그 무게에 눌렸다. 혼자서 75분을 채워야 한다는 건, 매우 '고독한 싸움'이기 때문이다. 나는 그 중압감에 미리 위축됐다. 그러나 무대까지의 길은 내가 만들어가야 한다.

리딩을 하면 할수록, 대사는 쌓였다가 무너졌다. 감정은 차올랐다가 비워졌다.

"이 감정이 맞는 걸까?"

수없이 묻고 고민했다. 나를 몰아세우고 자책하면서도, 나는 다음날이면 어김없이 연습실로 발걸음을 향했다.

무대에 서기까지의 연습은 결국 '실패를 견디는 과정'이다. 실패 없는 완성은 없고, 실패야말로 새로운 해석을 찾게 하는 원동력이다. 무대 위에서 빛나는 순간은, 결국 수십 번의 무너짐 위에 세워졌다.

■ 인생도 연기 ■

인생길에서 우리는 수없이 무너지고 흔들리지만, 그 순간을 버티면 다음을 준비하는 단단한 토대가 된다.

3. 무대 준비와 고비
누구나 겪는 인생의 위기

1) D-30. 공연 한 달 전

SNS에서 몇 년 전 사진과 글이 다시 떠올랐다. 그 시절 나는 많은 시련과 다양한 고민 속에 있었지만, 기록을 남기면서 견딜 수 있었다. 그리고 이젠 과거의 내가 현재의 나를 붙잡아준다.

〈웨딩드레스〉 연습은 쉽지 않았다. 체력이 순식간에 한계에 다다랐다. 마라톤의 결승선은 아직인데 반환점을 돌기도 전에 나가떨어질 지경이다. 캐릭터 완성은 더뎠고, 무대 세팅도 늦어졌다. 공연 일정은 반대였다. 가속도가 붙으며 점점 빠듯하게 다가왔다.

다시 기록에 집중하며 마음을 다잡았다. 기록하는 삶은 쉽게 무너지지 않는다. 무대를 준비하는 과정은 마치 인생의 고비와도 같다. 누구도 피해갈 수 없지만, 기록을 지지대 삼아 건너갈 수 있다.

무대는 갑자기 이뤄지지 않는다. 모노드라마는 특히 더 그랬다. 단 한 명의 배우가 무대를 온전히 채워야 하기 때문이다. 무대의 공백을 나눠 가질 상대 배우가 없기에, 모노극의 배우는 대사, 딕션, 동선, 감정, 그리고 심리적 준비까지 어느 하나 소홀히 할 수 없다.

나는 우선 대본부터 붙잡았다. 내 삶과 전하고 싶은 이야기를 관객에게 어떻게 건넬 것인가. 모노극 무대에서 나는 혼자지만, 그 한 명 속에는 여러 인물이 살아있어야 했다. 엄마, 딸, 손녀…

그들의 삶과 목소리를 한 몸에 담아내야 한다.

연습은 고독한 싸움이다. 상대 배우가 없어도 호흡을 이어가야 했고, 무대와 객석도 홀로 채워야 한다. 때로는 외롭고, 때로는 버겁다. 하지만 그 과정을 거치며 알게 되었다. 무대는 결국 나 자신과의 싸움이라는 것.

고비는 많았다. 대본이 막히기도 했고, 혼자만의 연습이 힘들어서 포기하고 싶을 때도 있었다. 그러나 그때마다 스스로에게 물었다. "30년을 기다린 이 무대를, 지금 내려놓을 수 있겠는가?"

무대 준비는 대본을 외우고 의상을 준비하고 동선을 익히고 조명, 소품을 세팅하는 일이 다가 아니다. 내 마음을 비우고, 텍스트의 이야기로 가득 채우는 일이다.

모노드라마 준비의 시간은 길고 고단했지만, 그만큼 값지다. 한걸음씩 목표를 향해 다가갈수록 나는 알게 됐다.

"누구에게나 자기만의 대본이 있고, 그 대본을 준비하는 시간이 있다."

■ 인생도 연기 ■

인생에서 가장 빛나는 순간은, 위기를 넘기고 난 뒤 찾아온다.
무대의 조명은 결국 가장 어두운 연습실을 지나야 켜진다.

오늘은 대본을 평소보다 더 크게 소리 내어 읽었다. 머리로는 다 아는 대사인데, 입 밖으로 내면 전혀 다른 세계가 펼쳐진다. 단어 하나에 감정이 걸려 넘어지고, 문장 끝에서 호흡이 막히기도 한다.

그러나 난관 앞에 서게 되면 알게 된다. 내 목소리의 높낮이, 내 호흡의 길이, 내 몸이 기억하는 습관들의 문제들. 그 빗장을 열어가는 과정에서 배우는 게 훨씬 많다.

"대본은 글이 아니라 숨으로 완성된다."
-대사 한 줄에도 호흡이 필요하다.

모노드라마는 어디에서 시작되었을까?

모노드라마의 탄생과 변천사를 찾아보았다. 모노드라마의 초기 형태는 기존 연극의 독백(monologue) 장면을 발췌해서 보여주는 방식이었다. 배우가 홀로 감정이나 이야기를 펼치는 독백이 본질이었다. 하지만 시간이 흐르면서 이 형식은 변화한다. 오히려 '한 배우만을 위한 독립적인 모노드라마 대본'을 기반으로 한 1인극 작품들이 생겨나기 시작했고, 그것은 모노드라마라는 장르의 탄생으로 이어진다.

예컨대, 음악과 극을 결합한 형태의 모노드라마 〈피그말리온〉(Pygmalion, 조르지 벤다. 1779)는 낭만주의 시대 이후 연극과 음악 사이의 경계에서 실험적으로 등장했으며, 기존의 노래나 대사의 반복을 넘는 새로운 무대 실험이었다.

무대에서 내사와 오케스트라가 맞물리는 모놀로그형 작품으로 주인공 피그말리온은 조각상(갈라테아)을 사랑하고, 그가 생명을 얻는 순간까지의 장면을 내적 독백으로 표현한다. 동시대 작곡가인 모차르트도 이 형식에 큰 관심을 보였다는 기록이 남아있다.

20세기에 들어서는, 아놀드 쇤베르크의 오페라 〈에어바르퉁〉(Erwartung/기대, 기대감 1924)과 같은 작품이 모노드라마로 평가받는다. 대본은 의사이자 시인인 마리 파펜하임이 썼는데, 배우 1인이 감정의 흐름을 느리게 펼치며 자신의 내면을 노래하는 방식이었다. 말과 노래의 경계였고, 심리 오페라의 선구적 작품으로도 평가한다.

사무엘 베케트의 〈크랩의 마지막 테이프〉와 안톤 체호프의 〈담배의 해로움에 대하여〉도 심리적·철학적 내면을 무대에서 탐색하는 모노드라마의 대표적인 예로 꼽힌다.

〈크랩의 마지막 테이프〉는 노년의 크랩이 옛날 자기 육성 테이프를 들으며 삶을 회고하는 내용이고, 〈담배의 해로움에 대하여〉는 아내에게 떠밀려 담배의 해로움을 강연하러 나온 사내가, 담배 얘기는 뒷전이고 자신의 비루한 인생을 하소연하는, 웃프고 씁쓸한 풍자극이다.

러시아의 스타니슬랍스키도 모노드라마적 실험을 했고, 미국과 유럽에선 원맨쇼, 원우먼쇼의 형태로 발전했다. 오늘날 모노드라마는 배우 개인의 진정성과 무대 장악력을 시험하는 대표적 장르로 평가받고 있다.

한국에서의 1인극과 나의 도전

한국에서는 〈빨간 피터의 고백〉(1986), 〈품바〉(1992), 〈염쟁이 유씨〉(1998), 〈벽 속의 요정〉(2004) 등이 관객에게 깊은 인상을 남긴 1인극 작품이다.

〈빨간 피터의 고백〉은 카프카의 단편을 바탕으로 인간 사회에 적응해 나가는 원숭이 '피터'를 통해 정체성과 소외를 이야기하고 〈품바〉는 전통 민속극을 현대적으로 재해석하며 풍자로 사회 현실을 꼬집는다.

〈염쟁이 유씨〉는 죽음과 존재에 대한 성찰을 염쟁이의 이야기를 통해 담백하게 풀어내며 〈벽 속의 요정〉은 한 배우가 수많은 캐릭터를 소화하는 구조인데, 모노드라마의 새로운 확장성을 열었다.

나 역시 〈웨딩드레스〉를 통해 매년 관객과 만나고 싶다. 같은 작품이지만, 같은 공연은 없다. 시간이 흐르며 내가 나이를 먹고,

삶의 경험이 더해지듯이 무대 또한 조금씩 달라지고 조금씩 자라날 것이다.

그래서 다짐한다. 〈웨딩드레스〉를 단순한 공연이 아니라, 해마다 새롭게 숨 쉬는 기록으로 남기겠다고. 관객과 함께 성장하는 모노드라마. 그것이 내가 꿈꾸는 〈웨딩드레스〉다.

■ 인생도 연기 ■

모노드라마는 단순히 '혼자 말하는 연극'이 아니다. 한 사람의 내면과 기억, 상상을 무대 위에서 다시 빚어내는 예술이다. 그렇다면 각자의 삶 또한 하나의 모노드라마다. 우리가 살아가는 이야기를 어떻게 해석하고, 어떤 무대 위로 끌어올릴 것인가. 무대처럼, 인생의 장면 장면에서도 진심이고 싶다.

3) D-28. 모노극의 의미

오늘도 연습실에 나 혼자다. 길고 외로운 싸움이다. 모노드라마는 한 명의 배우가 극을 이끌어가기에 강한 집중력, 폭넓은 감정 표현, 뛰어난 연기가 요구된다. 때로는 한 명의 배우가 여러 인물을 동시에 소화해야 한다. 표정, 몸짓, 목소리 톤의 변화로 각 인물의 개성을 드러내야 한다.

모노극의 또 다른 특징은 배우와 관객의 거리가 극적으로 좁아진다는 점이다. 그만큼 관객의 몰입도가 극대화되고, 배우의 작은 떨림조차 그대로 전달된다. 몰입이 깊어질수록 관객도 그 인물과 상황 속으로 빠져든다.

모노드라마의 성공은 배우의 역량에 달려 있다. 홀로 무대를 책임진다는 것은 큰 도전이지만, 동시에 가장 빛날 수 있는 기회다.

공연까지 채 한 달이 남지 않았다.

■ 인생도 연기 ■

인생도 결국 혼자다. 홀로 결정해야 하고, 혼자서 감당해야 한다. 마지막까지 혼자의 길이다. 죽는 순간, 아무도 같이 가지 않는다.

4) D-27. 덜컥 시작한 연기자 생활

나는 1993년 KBS 공채탤런트로 연기를 시작했다. 멋모르고 시험에 응시했는데, 덜컥 합격했다. 심사위원은 세상 물정을 모르는 내게 "흰 도화지와 같다"며 가능성을 인정해 주었다. 연기를 전공하지 않았던 나는 그렇게 탤런트 생활을 시작했다.

어느덧 배우가 된 지 30년이 흘렀다. 돌아보면 힘들고 어려운 일이 많았다. 포기하고 싶은 순간도 있었다. 카메라 앞에서는 당차게 연기했지만, 카메라 불이 꺼진 뒤에는 참 많이 울었다.

배우의 길은 좌절과 성공의 반복이자, 기다림의 연속이다. 역할을 맡기 위해, 선택받기 위해, 늘 준비하고 기다려야 한다. 배우는 글자에 담긴 인물을 무대 위 살아있는 존재로 만드는 사람이다. 이를 위해 그 인물로 살아가는 시간과 노력이 반드시 필요하다. 그 과정을 거쳐 배역이 내 안에 체화하면, 가장 중요한 시

역대 최고 시청률(65.8%)을 자랑하는 KBS주말연속극 〈첫사랑〉(1996년)의 마지막 녹화를 마친 뒤 동료 배우, 스태프와 함께한 기념사진.

간이 기다린다.

바로 공연장에서 관객과 만나는 순간이다. 그리고 이어지는 관객의 평가. 그렇게 10년, 20년이 지나 30년이 흘렀다. 배우로서 내게 주어진 역할에 최선을 다했다고 자부한다. 이루고 싶었던 나만의 목표도 하나씩 현실로 만들었다. 아직 못다 한 것이 있지만, 그것은 아쉬움이 아니라 계속 나아갈 목적지일 따름이다.

■ 인생도 연기 ■

인생도 기다림이다. 우리 삶은 끊임없는 기다림 속에서 성장한다. 그 기다림을 무언가로 채울지, 그냥 흘러 보낼지 선택할 수 있다. 그런데 준비하고 배운다고 해서 성공을 장담할 순 없다. 하지만 그런 시간을 보낸 것만으로도 충분히 의미 있고 빛난다.

5) D-26. 다시 시작이다

　모노드라마 〈웨딩드레스〉의 극장 대관을 마쳤다. 큰 고비를 하나 넘어간다. 만감이 교차한다. 무대를 마련했다는 생각에 안도의 한숨이 내쉬어진다. 그러나 이제부터 진짜 시작이다.

　연기 인생이 30년을 향하면서, 내가 새롭게 추가한 희망사항은 배우라면 누구나 꿈꾸는 1인극, 모노드라마였다. 꿈은 누구나 꿀 수 있다. 하지만 1인극은 쉽지 않다. 무대에 서는 배우뿐 아니라, 기획, 대본, 연출, 극장 대관까지 모든 것이 딱딱 맞아떨어져야 한다.

　나는 스스로에게 여러 번 물었다. "정말 할 수 있을까?" 몇 년 전부터 냉장고에 붙여둔 '나의 꿈' 목록 1순위는 모노드라마였다. 지난 1년 동안, 그 희망은 조금씩 현실이 되었다. 대본이 완성됐고, 연습을 시작했고, 이제 극장 대관도 마쳤다.

　나의 직감이 말한다. 이번 1인극은 연기 인생의 중요한 터닝포인트가 될 거라고. 그리고 내게 터닝포인트는 끝이 아니다. 또 다른 방향으로 나아가기 위한 시작점이다. 배우로서 나는 〈웨딩드레스〉에 연기 인생 30년을 모조리 녹여낼 예정이다. 모든 걸 쏟아부을 작정이다.

　공연이 끝난 후, 공허에 빠지지 않을 것이다. 힘찬 박수와 뜨겁던 관객의 찬사가 사라지면 공연장엔 정적만이 흐른다.

　나는 어두워진 무대에서 텅 빈 객석을 바라보며, 공허해 하지 않을 것이다. 허무해 하지도 않을 것이다. 나는 그곳에서 또 다른 30년을 꿈꾸고 싶다. 지난 30년의 반환점이 될 무대에서, 앞으로

김개시 역. 2000~2001. KBS 드라마 〈천둥소리〉

펼쳐질 남은 30년의 새로운 무대에서도 계속 배우로 살고 싶다.

■ 인생도 연기 ■

새로운 꿈을 향한 시작은 언제나 두렵지만, 한 걸음씩 내디딜 때 현실이 된다. 또한 목적지에 도착한다고 해서 끝이 아니다. 또 다른 길이 기다리고 있다. 그곳은 종착지가 아닌 터닝포인트다. 목표를 하나씩 현실로 만들 때, 삶의 무대 역시 계속 확장된다.

6) D-25. 나의 간절함. 삭발 연기

난 무대 밖에서도 혼자나. 조력 없이 배우 생활을 해 왔다. 30
년 넘게 매니저 없이 연기 생활을 이어간다는 건 쉽지 않다. 연기
하면서 늘 자신에게 물어본다. 지금 이 순간 내 가슴을 가장 뛰게
하는 일은 무엇인가? 무대에서 연기하는 것이다. 연기하는 순간,
죽어도 좋다고 느낀나. 그 힘으로 지금까지 버텨왔다. 그런 간절
함으로 연기했다.

2018년에 정미숙* 배우와 〈내 친구 지화자〉에서 출연했다. 난
'이순이'라는 할머니 역할을 맡았다. 극중 이순이는 암환자였기
에 나는 현실감을 위해 삭발을 감행했다. 과감한 결정이었다. 가
발이나 모자를 쓰고 연기할 수도 있지만, 맡은 인물을 제대로 표
현하려면 삭발이 더 낫다고 판단했다. 무대에서는 배우 이주화가
아니라 이순이가 되어야 했다. 대학로 작은 극장이지만, 관객에
게 진솔한 연기를 보여드리고 싶은 마음이 컸다.

연극은 관객과 직접 마주 보며 하는 예술이다. TV 드라마처럼
화면이라는 장벽이 없다. 극장에서 배우는 관객의 숨소리, 호흡,
에너지를 느끼며 연기한다. 관객도 배우의 실체를 실감한다. 극
장에서 배우와 관객이 함께 호흡할 때 진정한 감정이 전달된다.

'이순이' 역할을 소화하기 위해 3년 이상 기른 머리카락을 잘
랐지만, 그 머리카락이 중요한 건 아니었다. 중요한 건 관객 앞에
서 '이순이'로 서는 것이다. 나는 허구 속에도 진심과 감동이 담

---

* 정미숙 : KBS공채 탤런트 동기(15기). 現 관동가톨릭대 연기학과 교수.

배우 정미숙과 함께한 2인극 〈내 친구 지화자〉

길 수 있음을 보여주고 싶었다.

연극은 혼자 하는 게 아니다. 관객이 있어야 비로소 완성된다. 1인극도 마찬가지다. 내가 고개를 돌리면 관객도 그쪽을 보고, 내가 울면 관객도 슬퍼하며, 내가 화를 내면 관객도 나와 분노를 공유한다.

필요하다면 한 치의 망설임 없이 다시 삭발할 준비가 되어 있다. 그건 배우의 각오이자, 관객과 소통하는 진정성이다.

■ 인생도 연기 ■

두려움 없이 진정성을 담아 선택하고 행동하는 순간, 그 진심은 주변에 전해진다.

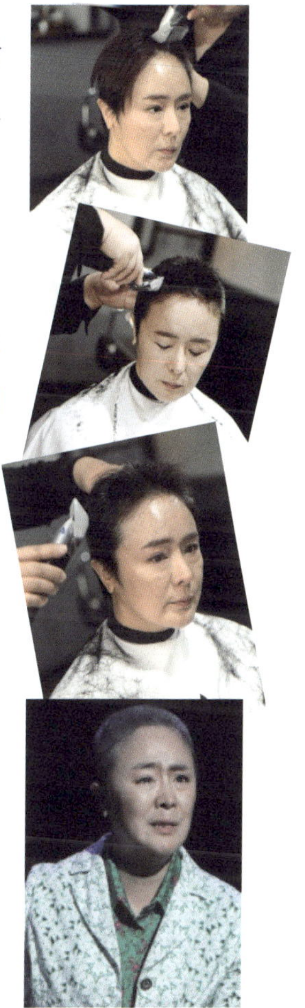

이번 모노드라마 〈웨딩드레스〉 준비과정에서 연출은 내게 충청도 사투리를 주문했다. 연출의 디렉션에 맞춰, 엄마 권지숙의 캐릭터를 참고 견디는 성향의 충청도 여성으로 설정했다.

나는 그날부터 충청도 사람이 되기로 결심했다. 그런데 사투리 연기는 정말 쉽지 않다. 제대로 하지 못하면 차라리 안 하는 게 낫다는 걸 누구보다 잘 안다.

그동안 경상도, 전라도, 평안도 등 여러 사투리를 연기해 봤지만, 충청도 사투리는 억양이 강하지 않아 더 세밀하게 파고들어야 했다. 충북과 충남도 미묘하게 달랐다. 관객이 쉽게 이해하고 느낄 수 있는 포인트를 찾는 것이 중요했다.

연습은 계속됐다.

"오늘 날이 엄청 션(시원) 해유~"

"낭구하러 왔는디 시방 땡삐가 가랭이 새루 들어 왔나벼유"

"행복해서 웃는 게 아녀, 웃으니께 행복한 겨"

억양과 장단, 말꼬리 "이~", "이이?" 같은 추임새까지 하나하나 분석하며 연습했다. 연습실에서는 온종일 혼자 충청도 사람이 되어 걷고, 말하고, 호흡했다.

하지만 연습이 끝이 아니다. 진짜 중요한 건, 무대 위에서 그날의 상황에 맞춰 자연스럽게 반응하며 인물로 살아내는 것이다. 그때야 비로소 기계적인 연기가 아닌, 진짜 인물의 숨결이 관객에게 전해진다.

일상에서도 사투리를 쓰며 몸에 익혔다. 카페에서 주문할 때,

배우 이주화 프로필

마트에서 물건을 살 때, 집에서도 계속 사용했다. 습관을 넘어 일
상이 되어야 한다.

배우 스스로 연기가 아닌 실제라고 느낄 때, 관객도 반응하고
몰입한다. 그 몰입과 감동은 다시 무대 위 나에게 돌아온다.

■ 인생도 연기 ■

서로의 관계는 주는 것과 오는 것의 반복이다.

사투리를 연기하는 배우처럼, 삶도 날마다 몸으로 익히는 연
습이다. 낯선 말과 걸음을 되풀이하면 어느새 몸이 그 삶을 기
억한다.

마음이 새장 안에 갇혀 있으면, 상상력에 날개가 있어도 아무 소용없다. 배우에 따라 무대 위 인물은 완전히 달라진다. 가끔 "저 배우는 어떻게 저런 연기를 하지?"라고 놀랄 때가 있다. 슬픈 장면에서 울어야 하는데, 어떤 배우는 웃거나 화를 낸다. 그것은 이미 그 배우가 충분히 울고 슬퍼했기에, 한 차원 높은 표현으로 나아간 것이다.

상상력이 넘치는 배우는 한계를 뛰어넘지만, 그런 상상력은 그냥 오지 않는다. 꾸준한 노력과 경험이 충분히 쌓여야 한다. 그림, 사진, 음악, 영화, 사람 등 다양한 경험을 통해 마음을 넓히면 상상력은 풍부해진다.

배우는 새장에 갇혀서는 안 된다. 새는 세상 밖으로 나와야 하고, 언제든 하늘 높게 자유롭게 날아야 한다. 상상력이 부족하면 모든 인물이 비슷해지고, 감이 아닌 분석에만 의존하게 된다. 분석도 중요하다. 하지만 상상력이 더해지면 날개를 달게 된다. 상상력을 키우기 위한 나만의 방법이 있다.

— 그림, 사진, 전시 관람과 음악 감상으로 감정과 분위기를 흡수한다.
— 다양한 영화와 연극을 보고 다른 배우의 표현을 분석하며 확장한다.
— 소설, 시, 동화, 역사 이야기 등 글과 이야기로 상상력의 폭을 넓힌다.

— 길거리, 카페, 자연에서 사람과 사물, 상황을 관찰하며 감각
을 키운다.

— 춤, 무용, 즉흥연기 등 몸을 통해 감정을 표현하고 반응을
되새긴다.

— 글쓰기와 그림 그리기, 상상일기로 마음속 장면을 현실에
구체화한다.

이런 경험과 연습을 통해, 연기는 단순한 흉내가 아니라 생명
력을 가지게 된다. 우선 각종 상황과 분석을 내 몸과 내 마음에
담은 뒤, 그 기억을 지우듯 잊어버린다. 그러면 그곳에서 진정한
인물이 재탄생한다.

기계적이지 않은 재탄생은 일상에서도 그 인물로 살아내는 것
과 같다. 그것이 무대 위 연기에서도 자연스럽게 발현된다. 배우
가 스스로 연기가 아닌 실제라고 느낄 정도가 되어야 관객도 반
응한다. 그 수준에 도달한 연기는 관객에게 감동을 주고, 그 감동
은 오롯이 내게로 돌아온다. 무대 위 인생도 단순한 반복이 아니
라, 매번 새롭게 살아가는 연기가 된다.

■ 인생도 연기 ■

마음과 상상력을 자유롭게 펼치며 역할에 몰입하다 보면, 어
느 순간 엉켜 있던 실타래가 풀리는 놀라운 경험을 하게 된다.

연기는 생활과 밀접하게 연결되어 있다. 생활 속에서 배역을 사랑하고 몰두해야 한다. 매일 물을 주듯, 삶과 연기를 애정하며 살아야 한다.

〈웨딩드레스〉에 사랑하는 가족과 이별하는 장면이 있다. 그 안에 내 삶을 투영해본다. 많이 힘들다. 그렇다고 눈물만 흘릴 순 없다. 힘든 순간에도 한 번 웃어본다.

때론 웃음이 쉬워 보인다. 하지만 그렇지 않다. 연기하면서 슬픔에 잠겨 눈물 흘리는 건 자연스러운 반응이다. 그러나 분석하다 막힐 때는 모든 걸 뒤집어 생각하고 행동해본다. 견디기 힘들수록 울지 않고 더 크게 웃어본다. 그 아픔이 더 깊은 슬픔으로 전달되기도 한다.

때론 눈물과 웃음 모두 가슴으로 삼켜본다. 아픔을 참고 웃음

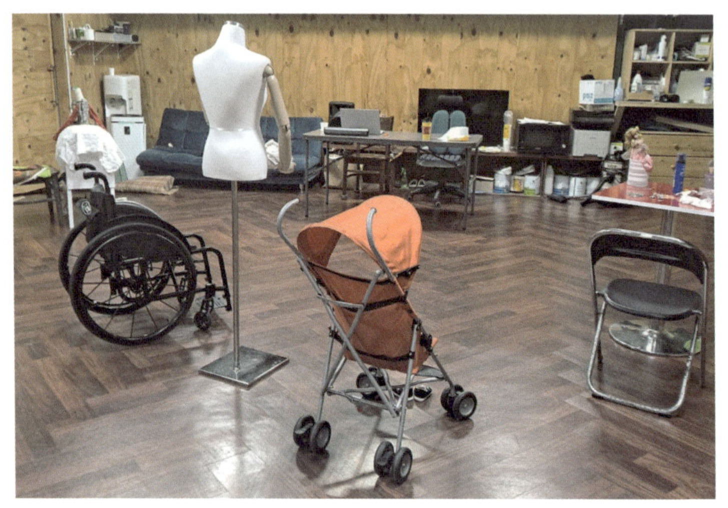

어느새 연습실의 소품들이 생활의 일부가 되었다.

을 억누르면 배우 내면의 깊은 상처가 연기에 스며든다. 관객은 상상하지 못한 감정을 느낄 수도 있다.

■ 인생도 연기 ■

진짜 연기는 아픔과 기쁨을 온전히 품을 때 나온다. 남들과 같은 생각, 다른 배우들과 비슷한 연기라면 감동의 차별성도 없다.

오늘도 연습실에 홀로 서서 연기 동선을 숙지하며 연습한다. 몸과 마음을 동선에 따라 움직여 본다. 혼자라서 그런지 연습실이 더 넓게 다가온다. 무대 쪽을 바라보니 갑자기 가슴 한쪽이 덜컥 내려앉는다.

관객이 올까. 내 연기가 그들에게 닿을까. 여러 불안과 설렘이 뒤섞인다. 아무리 연습하고 마음을 쏟아도, 관객이 없다면 무대는 완성되지 않는다. 무대에 서는 배우라면 누구나 느낄 불안이다.

더구나 1인극은 모든 것이 내게 달려 있다. 동료 배우와 함께라면 시너지가 발생한다. 무대에서의 에너지 교환과 함께 모객에도 힘을 합칠 수 있다.

담당 연출은 여러 작품을 동시에 진행하고 있어, 내게만 집중하지 못한다. 1인극의 외로움과 책임감이 동시에 찾아온다. 설령 관객이 없더라도, 단 1명의 관객 앞에서도 나 자신과 그동안 연습한 시간을 믿어야 한다.

30년 전, 연기를 처음 시작했을 때 내 주변에는 연기하는 배우도, 연기전공자도 없었다. 도움 줄 사람은 없었다. 촬영장에 가기 위해 혼자 버스를 타고, 현장을 물어물어 찾아가야 했다. 새벽부터 시작된 촬영, 그리고 다음날 단 한 장면을 위해 기다림과 긴장 속에서 또 기다리던 시간들이 많았다. 그 모든 순간이 나를 단단하게 만들었다.

지금 느끼는 외로움과 책임감도 본질은 같다. 준비가 끝났다면, 나를 믿고서 온전히 몰입해야 한다. 관객으로 가득 찬 극장에서나, 한 명의 관객 앞에서나 내가 할 수 있는 최선은 같다.

기다림과 외로움의 시간을 견뎌야 성장하고 비로소 개화한다.

11) D-20. 책에 답이 있다

모노드라마 〈웨딩드레스〉 대본을 분석하면서, 연기 관련 책들을 다시 꺼내 읽었다.

　　―『연기수업』(스타니슬랍스키)

　　―『배우수업』(스타니슬랍스키)

　　―『말에서 연극으로』(시실리 베리)

　　―『연기화술 클리닉』(오세곤),

　　―『연기하지 않는 연기』(해럴드 거스킨)

　　―『테크닉 연기』(미하일 체호프) 등.

연기 책은 그냥 읽을 때와 배역을 맡은 후 읽을 때가 전혀 다르다. 배역을 받은 뒤 읽으면 책 속의 문장과 내가 설정한 캐릭터가 서로 연결된다. 글이 인물의 숨결로 다가온다. 성격 구축의 첫 단계는 마음속에서 그 인물과 일치하는 이미지를 창조하는 것이다.

이번 작품에서 나는 해림이의 엄마 이수연이자, 동시에 해림이의 할머니 권지숙이다. 이수연은 딸 해림을 열 달 배 아파 낳고 사랑으로 키운 엄마이고, 권지숙은 이수연을 낳아 애지중지 키운 엄마이자 해림의 할머니다.

나는 무대 위에서 이 두 인물로 살아야 한다. 글자 속에 있는 인물을 입체적으로 창조해야 한다. 대본을 잠시 내려놓고, 연기 책을 곱씹어 본다. 책에 길이 있고 글에 답이 있다.

30년간 많은 인물을 연기하며 쌓은 흔적이 내 속에 깊게 패어

있다. 나무의 나이테처럼 연기에도 주름이 있고, 이번 공연을 준
비하고 공부하며 그 주름이 늘어간다.

■ 인생도 연기 ■

무대와 배역은 그냥 찾아오지 않는다. 준비하지 않으면 기회
는 오지 않는다. 설령 왔다 해도 잡지 못한다. 배우는 기다림의
직업이다. 그 시간을 공백으로 방치하면 무대에 서지 못한다.
인생은 시간을 낭비하면서 짧아진다.

12) D-19. 엄마와 딸

〈웨딩드레스〉는 결국 엄마와 딸의 이야기다. 현실에서 나는 사랑하는 사람을 만나 결혼했고, 딸을 낳아 엄마가 되었다.

1년 반 넘게 모유 수유로 딸을 키웠다, 눈빛을 마주 보며 함께한 순간들은 내 인생에서 가장 행복하고 빛나는 시간이었다. 그 소중함을 간직하고 싶어, 나는 육아일기를 스케치북에 글과 그림으로 기록했다. 스케치북은 20권 이상 쌓였고, 그걸 모아 책으로도 만들었다.

이번 작품을 준비하며 그때의 시간이 다시 살아 움직인다. 엄마가 되며 경험한 수많은 기억들. 즐거움과 힘겨움이 교차한 날들, 엄마가 되는 과정은 내게 배우로서도 새로운 눈을 뜨게 했다.

만약 내가 아이를 낳지 않았다면 지금 이 작품을 할 수 있을까? 자신 있게 무대에 설 수 있을까? 솔직히 확신할 수 없다. 연

기는 실제가 아니기에 경험하지 못한 것도 구현할 수 있다. 그러나 엄마라는 역할만큼은 상상만으로는 부족하다.

열 달 동안 품고 배 아파 낳아 젖을 물리며 키운 그 시간이 없다면 엄마의 눈빛, 숨결, 눈물을 진짜로 표현하기 어렵다. 아이를 낳고 키우며 알게 됐다. 결혼 전에 내가 했던 수많은 엄마 연기는 어쩌면 반쪽짜리에 불과했다.

〈웨딩드레스〉에서, 두 명의 엄마 역할을 준비하면서 나는 누구보다도 내게 엄마라는 이름을 선물해 준 딸에게 깊이 감사한다. 그 작은 손이 내 손을 꼭 잡아주던 따뜻한 감촉들, 울던 아이를 품에 안고 함께 숨 쉬던 시간들, 그 모든 것이 내 안에 꺼지지 않는 등불이 되어 남아 있다.

내게 온 생명 덕분에 나는 단순히 '배우'가 아니라 진짜 '엄마'가 되었고, 덕분에 이제야 비로소 엄마의 숨결과 눈빛을 담아 연기할 수 있게 됐다.

■ 인생도 연기 ■

연기는 삶을 흉내 내는 것이 아니라, 삶을 비추는 거울이다. 살면서 흘린 눈물이 무대에서는 대사가 되고, 웃으며 버틴 나날들은 표정이 된다. 어쩌면 매 순간의 삶을 진심으로 살아내는 것이 연기의 밑거름이 아닐까 싶다.

13) D-18. 신체의 기억, 인물의 탄생, 몸으로 빚어내는 이야기

연기자는 자신과 다른 신체로 그려진 극 중 인물을 생동감 있게 표현하기 위해, 가상의 신체를 시각화해야 한다. 그리고 그 몸 안에서 살아낼 수 있는 방법을 찾아야 한다. 한 번에 되진 않는다. 지속적인 연습과 반복적인 훈련을 통해 자신의 신체를 변형시키며 극 중 인물로 변신한다.

내가 맡은 인물 중 한명인 엄마 권지숙은 작은 의상실을 운영한다. 충청도 사투리에 팔자걸음을 하고, 늘 일하느라 어깨가 움츠러져 있다. 먼지 때문에 잦은 기침을 하고, 손에는 상처가 가득하다.

연습실에서 나는 권지숙의 60년 세월을 하나씩 내 안의 신체에 불어넣었다. 외형뿐만이 아니다. 권지숙으로 무대에 서기 위해선 그가 좋아하는 음악, 즐겨 먹는 음식, 일상의 버릇과 습관, 그리고 걸음걸이까지 구현해야 한다.

나는 틈날 때마다 연습일지에 권지숙에 대해 기록했다. 그를 구체화하는 과정에서 떠오른 작은 특징이라도 꼭 적어둔다. 순간적으로 스쳐가는 기억과 문자로 각인하는 기록은 다르기 때문이다. 또한 같은 장면이라도 연습할 때마다 느낌은 다르다. 그 이유는 뭘까.

그날의 날씨와 기온, 감정이 영향을 미친다. 더 큰 이유는 질문이다. 내가 연습과정에서 어떤 질문을 던지고 그에 맞춰 파고들었는지에 따라 권지숙이라는 인물은 내 몸에 가까워지기도 멀어지기도 했다. 이를 통해 권지숙의 다양한 이면은 내게 조금씩 짙

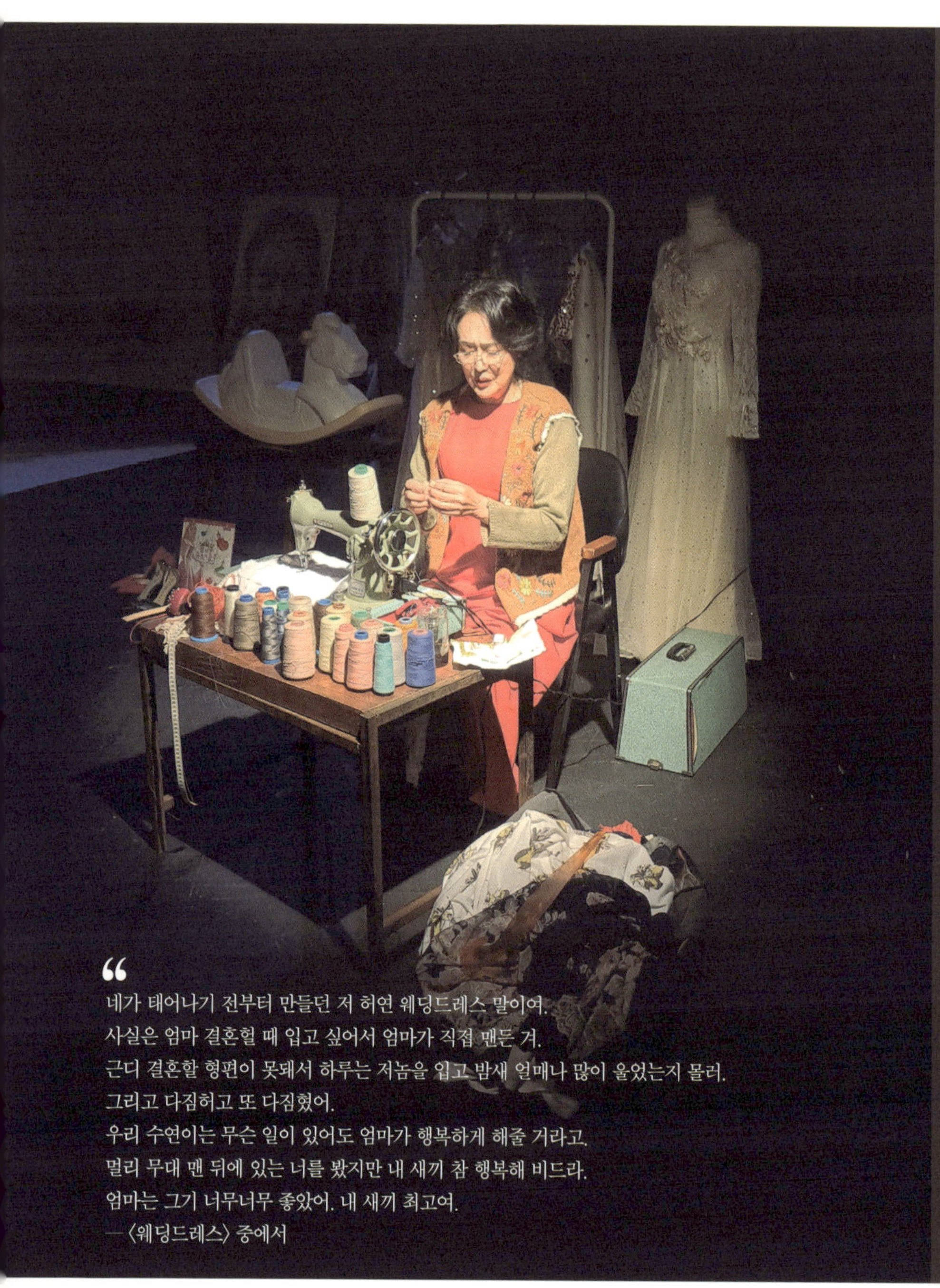

네가 태어나기 전부터 만들던 저 허연 웨딩드레스 말이여.
사실은 엄마 결혼헐 때 입고 싶어서 엄마가 직접 맨든 거.
근디 결혼할 형편이 못돼서 하루는 저놈을 입고 밤새 얼매나 많이 울었는지 몰러.
그리고 다짐허고 또 다짐혔어.
우리 수연이는 무슨 일이 있어도 엄마가 행복하게 해줄 거라고.
멀리 무대 맨 뒤에 있는 너를 봤지만 내 새끼 참 행복해 비드라.
엄마는 그기 너무너무 좋았어. 내 새끼 최고여.
— 〈웨딩드레스〉 중에서

어졌다.

배우는 끊임없이 물음을 던져야 한다. 한 인물을 둘러싼 갈등, 사건, 관계 속에서 그 인물이 진짜 하고 싶은 말은 무엇인지, 작가의 의도는 무엇인지 끝없이 질문해야 한다.

내가 권지숙이 되어가는 마지막 단계에선 '본능'이 중요해진다. 배우에게 본능은 인물을 완성하는 가장 강력한 도구다. 대사를 외우고 설정을 익히며 모든 것을 준비한 뒤에는, 그 모든 것을 잊어야 한다. 이율배반적이지만 그래야만 리얼한 연기가 가능하다.

연기를 하지 않은 사람들은 이 말을 이해하기 어려울 수 있다. 모든 것을 숙지했는데, 막판에 그걸 버려야 한다니 수긍하기 쉽지 않다.

그러나 완벽하게 준비를 마친 배우라면, 무대에 오르는 최종단계에서부터는 자신의 본능을 믿고 연기해야 한다. 그 시간을 사랑하며 살아내야 한다. 그런 살아냄이야말로 내가 지금까지 연기의 끈을 놓지 않은 채 붙들고 있는 이유이기도 하다.

■ 인생도 연기 ■

배우는 단순히 대사를 외우는 사람이 아니라, 인물의 신체와 마음을 온전히 살아내는 그릇이다.

14) D-17. 나를 지우기

스타니슬랍스키*는 배우가 극중 인물을 표현하기 전에 자신에게 남아 있는 불필요한 습관과 제스처를 제거해야 한다고 강조했다. 그는 "막연히 행동하지 마라. 반드시 목적을 가지고 행동하라"라고 설파했다. 모든 동작과 표정에는 인물의 내적 목적이 있어야 진정성이 담긴 연기가 나온다는 것이다.

배우란 감추어진 모든 것에 생명을 불어넣는 사람이다. 스타니슬랍스키는 배우 자신의 경험에서 감정을 끌어내는 능력과 이를 표현할 수 있는 강한 의지, 그리고 인내가 필요하다고도 했다.

공연 준비를 거듭할수록 나는 내 신체와 버릇을 다시 점검했다. 배우 이주화로서의 습관과 몸에 익은 행동들을 하나씩 삭제했다. 할머니 권지숙과 그의 딸 이수연에게 가까워지기 위한 노력이다. 스타니슬랍스키가 강조한 것처럼 나를 지우고 인물 안으로 들어가는 과정에서 배우의 길을 실감한다.

■ 인생도 연기 ■

나를 지우는 용기를 통해 진짜 나와 마주하고, 내 삶을 살아가는 힘을 키운다.

---

* 스타니슬랍스키(Константи́н Серге́евич Станисла́вский, 1863~1938) : 러시아의 배우이자 연극 연출가. 근대연극의 이론적 지주이며, 오늘날 사실주의적 연기 기법의 기초를 정립했다.

1인극이든 다인극이든 배우는 자기 자신과 타인의 생활 및 경험을 녹여내며 연기한다. 홀로 연기하든 앙상블을 맞추든 배의 노를 젓는 것처럼, 연기의 방식과 목적지는 큰 틀에서 같다.

나는 1년간의 세계여행을 통해 각 나라의 하늘과 계절, 사람들의 표정을 저장했는데 그때 배운 게 있다. 연기의 뿌리는 결국 '삶, 그 자체'라는 거다.

그중에서도 스페인 그라나다의 동굴에서 본 집시들의 춤과 표정은 지금도 생생하다. 그들의 외양은 화려하지 않았지만 허공을 향한 눈빛마다, 발끝의 떨림마다 그들의 애환이 녹아 있었다.

그라나다의 동굴 안은 어둠이 내려앉은 바깥과 달리 온기가 담긴 작은 세계였다. 낡은 벽에 걸린 촛불은 집시의 춤결에 흔들렸다. 그 빛은 다시 집시 여인의 구릿빛 얼굴에 그림자를 드리웠다. 손끝에서 발끝까지 이어지는 그들의 춤은 땅을 두드리며 파장을 일으켰고, 그 울림이 내 가슴속까지 파고들었다.

바이올린의 날 선 선율과 기타의 거칠고도 애잔한 울림, 그리고 손뼉으로 만들어낸 파열음은 살아있는 파도의 리듬처럼 공간을 채웠다. 땀과 와인, 흙냄새가 뒤섞인 공기 속에서 집시의 눈빛은 불꽃처럼 번뜩였고, 순간마다 삶과 죽음을 동시에 껴안은 듯한 절규가 담겨 있었다.

그 장면은 단순한 춤이 아니었다. 그건 삶의 상처를 뜨겁게 끌어안고, 동시에 그 상처 위에서 다시 일어서는 인간의 몸짓이었다. 그날 내가 본 집시의 표정은, 무대 위에서 내가 연기를 통해

VE
EL

전하려는 진실과 너무나 닮아 있었다. 무대에서 감정을 토해내
고, 관객 앞에서 다시 삶을 세롭게 살아내는 것, 그것이 바로 내
가 희망하는 연기다.

그래서 나는 깨달았다. 배우에게 연기는 하나의 춤이기도 하
다. 무대 위에서 흘리는 땀방울, 떨리는 목소리, 부서지는 시선
하나까지도 모두 관객에게 전해지는 배우의 리듬이다. 그라나다
의 집시가 삶 전체를 춤으로 보여주듯, 배우 역시 삶 전체를 연기
로 증명해야 한다.

오랜 시간에 걸쳐 쌓인 경험과 기억은 지금의 감각과 맹렬하
게 부딪히며 배우에게 깊이를 준다. 무대 위에서도 연기의 한계,
일정의 변화, 연출의 변덕, 대본 수정 등 수많은 변주에도 집시의
춤처럼 거짓 없이 진심을 유지해야 한다.

관객이 알아주든 알아주지 않든 배우 스스로 최선을 다하는 순
간이 진심이다. 그 마음이 관객에게 전달되면, 연기는 감동이 되
고 생명을 얻는다.

■ 인생도 연기 ■

무대와 인생은 닮아 있다. 관객이 알아채지 못하더라도, 배우
가 진실을 버리고 타협하는 순간 연기는 힘을 잃는다. 인생도
그렇다. 누구의 눈에 띄지 않아도, 노력하는 태도가 결국 나를
빛나게 한다고 믿는다.

16) D-15. 나를 만드는 가족

연극 연습하러 가는 나를 위해 샌드위치와 샐러드를 준비해 주는 남편.

"여보, 이제 공연이 얼마 안 남았네요. 끼니 거르지 말고 꼭 챙겨 먹으면서 연습해요."

그 따뜻한 말 한마디에 힘이 난다.

사랑은 잘난 사람과 함께하는 것이 아니라,

나를 잘나게 만드는 사람과 함께하는 것.

멋진 사람과 함께하는 것이 아니라,

나를 멋지게 만드는 사람과 함께하는 것.

순수한 사람과 함께하는 것이 아니라,

나를 순수하게 만드는 사람과 함께하는 것.

착한 사람과 함께하는 것이 아니라,

나를 착하게 만드는 사람과 함께하는 것.

좋은 사람과 함께하는 것이 아니라,

상대방을 좋은 사람으로 만들어주는 것.

온라인에서 자주 보이는 이 글처럼, 나를 더 나은 사람으로 만들어주는 남편에게 늘 고맙고 감사하다.

그리고 부모님. 엄마는 치매에 걸렸다. 엄마는 치매 진단을 받기 전, 갑자기 말을 어눌하게 하고 환영을 보서서 응급실에 실려 간 적이 있다. 그때의 기억은 엄마에게 전혀 남아있지 않다. 위독

하신 상황에서도 엄마는 "딸 공연만은 꼭 보고 싶다"고 했다.

"엄마, 지금은 못 가요. 다 나으면 그때 갈 수 있어요."

엄마는 병마에 지지 않았다. 얼마 뒤 나는 부산에서 안톤 체호프 원작의 〈벚꽃동산〉을 공연했는데, 휠체어에 의지한 엄마는 비행기를 타고 택시로 갈아타며 금정문화회관까지 오셨다.

무대 위에서 엄마를 보았던 그 순간의 감동은 아직도 표현할 길이 없다. 엄마를 모시고 함께 와 준 아빠, 늘 묵묵히 곁을 지켜주는 남편, 그리고 내 삶의 가장 큰 선물인 딸에게도 고마움을 전한다.

무대 위에서 내가 온전히 몰입해 그 인물로 살아낼 수 있는 힘, 그 원천은 '가족'이다.

가족은 나를 만드는 뿌리이자, 삶과 예술의 가장 큰 힘이다. 인생에서도 우리를 지탱해 주는 건 성공이나 명예가 아니라, 끝까지 곁에서 지켜주는 가족이다.

"세상에서 가장 아름답고 소중한 것은 보이거나 만져지지 않는다. 오직 가슴으로만 느낄 수 있다." - 헬렌 켈러

성격구축의 첫 단계는 마음속에서 인물과 일치하는 이미지를 창조하는 거다. 보이지 않고 만져지지 않을수록, 온 마음으로 다가가야 한다. 속이지 말아야 한다. 나 자신에게도, 관객에게도 정직하게 인물을 구축해야, 무대 위에서 그 삶을 온전히 살아낼 힘이 생기고, 관객도 함께 숨 쉬며 느낄 수 있다. 나는 세 모녀의 중심축인 해림이 엄마 이수연을 온화하고 부드러운 성격으로 묘사했다. 반면 이수연의 모친인 권지숙은 충청도 사투리를 쓰며 억척스러우면서도 따뜻한 심성의 인물로 그려나갔다.

이수연은 배우를 꿈꾸지만 집안 형편 때문에 현실적인 삶을 살다가 극단 오디션을 통해 무대에 서게 된다. 극 중에서도 〈벚꽃동산〉의 라네프스카야 역을 맡으며, 배우로 성공한 모습을 보여준다. 동시에 하늘나라로 떠난 딸을 그리워하는 모성애도 보여준다.

노년의 권지숙은 자식을 사랑하지만 표현이 서투르다. 거칠고 투박한 말과 행동으로 등장한다. 그러나 마지막 죽음 장면에선 딸을 향한 깊은 사랑과 애틋함이 드러내며 극 중 긴장감을 끌어올린다. 이런 대비를 통해 인물의 성격과 감정은 더 선명해진다.

연기적 관점에서 성격구축

① 신체와 움직임

성격은 말투와 감정뿐 아니라 신체와 동작에도 투영된다.

권지숙의 팔자걸음, 움츠린 어깨, 옷올 만드는 동작 하나하나가 그의 삶과 성격을 보여준다. 이수연은 반대로 부드럽고 안정적인 움직임을 통해, 온화한 성격을 관객에게 자연스럽게 전달한다.

② 목소리와 억양

권지숙의 충청도 사투리, 이수연이 말하는 표준어의 속도와 방식 등 음성적 디테일이 인물의 내면을 드러낸다. 관객은 이런 디테일만으로도 인물의 성격과 감정을 이해할 수 있다.

③ 감정과 기억의 체화

연기는 상상뿐 아니라, 배우 자신의 경험과 감정을 인물에 투영해 구체화하는 특성을 가진다. 감정의 스펙트럼을 넓히면 관객도 자신의 경험과 기억을 무대 위 인물에 체화하게 된다.

④ 분석과 즉흥의 균형

대본과 캐릭터 분석으로 구조를 세우고 연습을 통해 즉흥성과 자연스러움을 더한다. 계획된 성격과 순간의 감정 사이 균형이 유지될 때, 관객은 안정감과 함께 진정성을 감지한다.

■ 인생도 연기 ■

극중 인물처럼 인생의 무대에서 우리는 모두 팔색조다. 모노톤 인생은 없다.

18) D-13. 대본과 발견

배우가 대본을 받는다는 것은 단순히 대사를 읽는 일이 아니다. 그것은 숨겨진 보물을 찾아내는 여정의 시작이며, 마치 지도를 펼치고 미지의 땅을 탐험하는 것과 같다.

대본 속의 대사 하나하나는 작가의 감정, 사랑, 웃음, 눈물과 같은 세심한 흔적을 담고 있다. 배우의 임무는 그것을 발견하고 생명을 불어넣어 관객에게 전달하는 것이다.

금세 보물을 찾을 수 없는 것처럼, 처음에는 대본에 숨겨진 그 보물을 쉽게 찾을 수 없다. 하지만 반복해서 읽고 분석할수록 점차 그 빛나는 의미가 드러나기 시작한다.

나는 같은 대본을 3개 준비해, 다음과 같은 방식으로 사용한다.

① 아이디어와 감상 기록용 대본

페이지와 장면마다 머릿속으로 떠오르는 생각, 영감, 감정들을 기록한다. 일종의 비밀 노트로 배우만이 가진 감정의 지도다.

② 동작·제스처·소품 기록용 대본

상황별 움직임과 제스처, 그리고 장면마다 사용할 소품을 정리한다. 각 상황에서 그 행동을 왜 해야 하는지, 어떤 제스처가 필요한지 기록하며 인물의 신체와 행동을 구체화한다.

③ 순수 분석용 대본

아무것도 적지 않은 대본이다. 읽으면서 마음을 비우고 있는

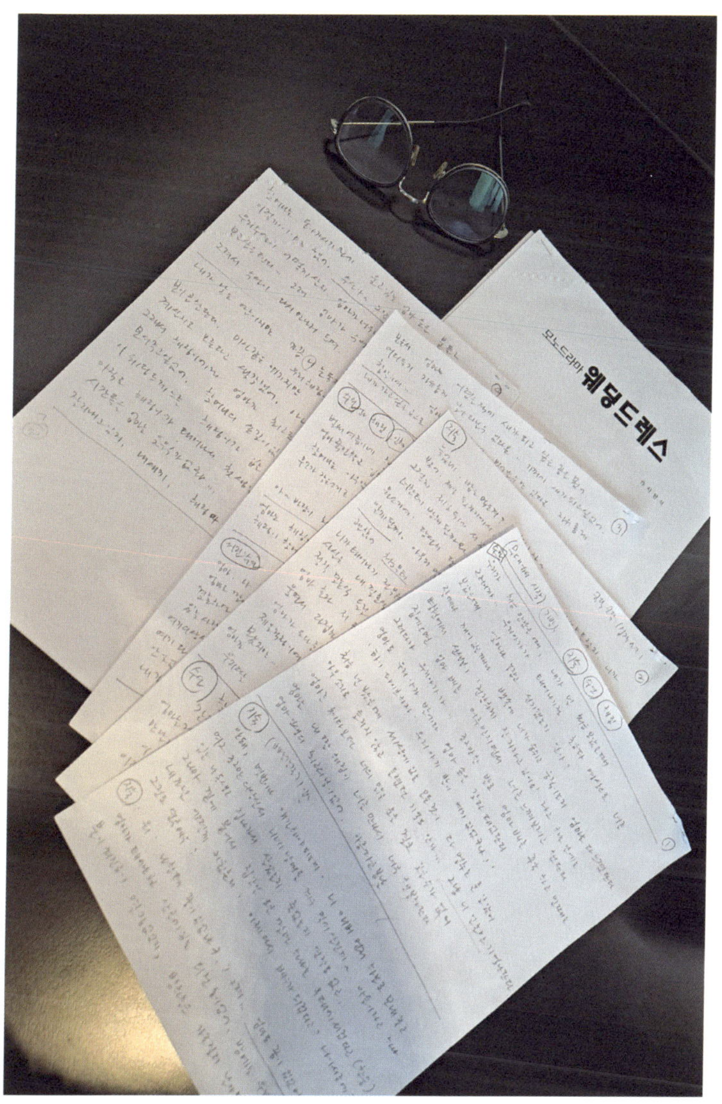

대본 속의 대사 하나하나는 작가의 감정, 사랑, 웃음, 눈물과 같은 세심한 흔적을 담고 있다. … 연기란 결국 관객에게 극 중 인물의 삶을 경험하게 하는 것인데, 그 시작은 바로 대본 속에 숨어 있는 진실을 찾아내는 데 있다.

그대로의 인물과 상황에 다시 집중한다. 1,2번 대본과 달리 아무런 기록이 적혀있지 않기 때문에, 내 생각이 읽히지 않은 상태에서 인물과 장면을 온전히 마주하며 이해한다.

대본을 반복해서 읽고, 기록하고, 분석하는 과정은 단순한 준비가 아니다. 그것은 배우가 인물과 상황을 입체적으로 이해하고, 무대 위에서 살아있는 연기를 만들어내는 핵심 과정이다. 연기란 결국 관객에게 극 중 인물의 삶을 경험하게 하는 것인데, 그 시작은 바로 대본 속에 숨어 있는 진실을 찾아내는 데 있다.

이 과정에서 배우는 관찰하고 느끼고 질문하는 법을 배운다. 장면마다 무엇이 중요한지, 인물의 목표와 내적 갈등은 무엇인지, 대사 속 숨겨진 감정은 무엇인지를 스스로 탐색한다. 이렇게 발견한 모든 요소가 모여 무대 위에서 자연스럽고 설득력 있는 연기로 이어진다.

■ 인생도 연기 ■

대본은 단순한 문자가 아닌 삶과 감정을 발견하는 지도다. 그 속으로 들어갈수록 점점 더 선명해진다. 인생에서도 눈에 보이지 않는 순간을 관찰하고, 마음으로 기록하고, 성실하게 살아내는 경험이 반짝이는 나만의 미래를 만든다.

19) D-12. 나를 위한 객석

1인극 〈웨딩드레스〉의 공연이 오늘부터 인터파크에서 오픈하며 티켓 발권이 시작됐다. 가장 먼저 내가 티켓을 구입했다. 첫날 공연, 첫 번째 객석을 구입했다. 남편이 의아한 표정으로 물었다.

"왜, 배우가 자기 공연 티켓을 사요?"

나는 웃으며 말했다.

"첫 무대를 상상하면 설레고 떨려요. 가슴이 두근두근 벅차오르고, 무대에 서는 순간이 감격스러워요. 배우로 30년을 걸어왔지만, 홀로 무대에 서는 1인극은 특별하죠. 많은 분이 격려해 주시지만, 나 스스로도 토닥여주고 싶었어요. 나를 위해, 나 자신을 위해 객석 하나를 마련했어요. 그래서 1번으로 구입했죠."

내가 구입한 객석은 나를 위한 선물이다. 그동안 걸어온 배우로서의 여정, 모든 눈물과 땀, 기쁨과 고민을 담아온 순간들을 스스로 바라볼 자리. 객석에서 나 자신을 지켜보며, 감사와 격려를 보내고 싶은 마음이다.

온라인에서 티켓이 오픈되며 이제 공연이 얼마 남지 않은 걸 실감한다. 무대 위에서 숨 쉬는 동안, 내 눈으로, 내 마음으로, '배우 이주화'가 쌓아온 시간을 다시 느낄 수 있기를 바라본다. 홀로 서는 무대 위에서도, 나 자신이 내 가장 든든한 관객이 되어 준다.

■ 인생도 연기 ■

인생에서 가장 소중한 관객은 자기 자신이다.

20) D-11. 움직임과 소품의 힘

연기의 움직임은 결코 그 자체를 위한 것이 아니다. 모든 제스처와 동작에는 반드시 목적이 있어야 하며, 그 목적이 관객에게 전달되어야 의미를 가진다.

〈웨딩드레스〉는 1인극이지만, 두 명의 역할에 세 명의 감정을 담아내야 한다. 나이든 엄마 권지숙, 젊은 엄마 이수연, 아기 강해림을 모두 소화해야 한다. 배우는 각각의 인물을 구체화하기 위해 신체, 말투, 표정, 소품까지 다르게 설정해야 한다. 그래야 관객이 자연스럽게 극 중 인물에 감정을 이입할 수 있다.

나이든 엄마 권지숙

허리를 살짝 구부정하게 하고 지팡이에 의지하며 잘 걷지 못한다. 퉁명스러운 충청도 사투리, 돋보기안경, 지팡이, 늘 입는 조끼, 그리고 기침 소리까지 세밀하게 연출하여 관객이 권지숙의 지병과 나이를 직관적으로 감지하게 한다. 약 봉투 속에 약(사탕 등으로 대체)을 넣어두고 테이블에 물을 먹을 수 있게 올려둔다. 의상실의 옷감, 재봉틀, 바늘, 실 등도 손의 위치에 맞게 준비한다. 자연스럽게 옷을 재단하는 모습을 보여주기 위해 각각의 사용법은 반드시 숙지한다. 배역에 필요한 작은 디테일까지 사실적으로 구현해야 현실감이 높아진다.

젊은 엄마 이수연

우아한 몸짓과 곧은 자세로 여배우다운 이미지를 강조한다. 목소리 톤과 시선, 행동 모두 배우로서의 품격과 자신감을 보여준다. 배우 지망생의 시기와 오디션 장면에선 신인 배우의 미숙함과 에너지를 동시에 표현한다. 양 갈래 머리 스타일, 귀마개로 귀여운 이미지를 연출하며 청자켓, 수험번호 등 소품을 활용하여 캐릭터의 개성을 강화한다. 말투는 조금 빠르고 걸음걸이는 통통 뛰는 듯한 활발한 느낌을 강조한다. 엄마로 등장할 때엔 아기인형, 유모차, 드레스, 액세서리 등 소품을 적극 활용해 역할의 현실감을 더한다.

연기자는 다양한 동선과 소품, 신체 변화를 꼼꼼히 배역에 맞춰야 하는데, 특히 1인극에서는 관객의 시선이 단 한 명에게 집중되기에 특히 사실성과 디테일이 중요하다. 만약 이 부분이 부족하면 관객 몰입에 직접적으로 악영향을 끼친다. 매일 반복하는 일상의 생활처럼 연기해야 한다.

■ **인생도 연기** ■

연기의 움직임에는 결코 '우연'이 없다. 모든 제스처와 동작엔 진정성을 끌어올리기 위해, 세밀한 계산이 들어가 있다. 작은 차이가 명품을 만든다는 말처럼, 사실적인 디테일이 사람의 마음을 끌어당긴다.

21) D-10. 감사합니다

오전 연습을 마쳤다. 테이블 리딩을 꼼꼼하게 진행했다. 오후에는 몸을 움직이는 연습에 집중했다. 연기 동선과 움직임을 하나씩 맞춰가며 연습을 이어갔다.

대사와 감정을 점검하면서도 몸의 움직임과 호흡이 자연스럽게 이어지도록 확인하는 과정은 늘 긴장의 연속이다. 톱니바퀴처럼 딱 맞아떨어져야 하고, 하나라도 삐끗하면 안 된다.

연습실에 그동안 준비해둔 소품들도 집에서 챙겨왔다. 혹시 분실되거나 문제가 생길 상황을 대비해 같은 소품을 두 개씩 준비했고 한 세트는 집에 보관했다. 무대 위에서는 단 한순간의 실수가 전체 호흡을 흔들 수 있기에, 작은 소품 하나라도 철저하게 준비하는 자세가 요구된다.

오전 연습을 마치고 나면 오후 연습까지는 한 시간 남짓 여유가 생긴다. 그 시간도 내겐 무척이나 중요하다. 주로 연습실 밖으로 나와 산책하며 마음을 가다듬는다. 오늘도 걸으며 하늘을 올려다본다. 파란 하늘이 눈부시게 맑다. 길 위에 떨어진 낙엽은 발걸음을 따라 바스락거리는 소리를 내며 작은 음악이 되어준다.

걷는 동안 휴대폰을 꺼내 지인들이 보내주신 문자를 확인한다. 그중에는 공연 티켓을 예매하겠다는 문의가 있고, 관극을 하러 오시겠다는 응원의 메시지도 있다. 한 분, 한 분 보내주신 마음이 내게는 커다란 힘이 된다.

문자를 보며 다짐한다.

"저를 세상에서 가장 행복한 배우로 만들어주셔서 감사합니다.

단 한 분의 관객을 위해서라도, 저는 무대 위에서 최선을 다하겠습니다."

많은 사람에게 주목받는 유명한 인기 스타가 아니어도, 수많은 연기상을 받은 배우가 아니어도 괜찮다. 무대 위에서 꾸준히 관객과 호흡하며 단 한 사람에게라도 감동을 전할 수 있다면, 그 순간 나는 가장 행복한 배우다.

■ **인생도 연기** ■

작은 문자 하나에도 감사하는 마음은 우리 삶을 풍요롭게 하는 힘이다.

22) D-9. 매일 숨 쉬듯이 [연기 훈련법]

무대 위에서 더 잘하고 싶어도, 결국 지금껏 쌓아온 연습의 결과만이 나온다. 무대라는 늘 새로운 시험지에서 연습은 배우를 살리는 생명수와도 같다. 무대의 무게와 중압감을 견디기 위해, 나는 오늘도 연습에 매진한다.

간혹 사람들이 묻는다. 그 많은 대사를 어떻게 다 외우냐고. 그런데 대사는 단순히 머릿속에 새겨 넣는 게 아니다. 호흡과 함께 체화하는 과정을 통해 몸에 각인된다. 대사를 분절해서 외우려 하면 막막하지만, 상황을 그리고 인물의 마음에 동화하면 말은 저절로 흘러나온다.

발성은 무대를 지탱하는 또 하나의 축이다. 수백 명의 관객 앞에서 대사가 제대로 닿기 위해선, 깊은 호흡에서 나온 공명이 필요하다. 가슴이 아닌 아랫배에서 호흡을 길게 끌어올려야 대사가 멀리 날아간다. 발성 훈련이 부족하면 목소리의 힘은 금세 무너지고, 감정은 관객에게 전달되지 않는다.

호흡은 단순히 소리를 내는 기술이 아니다. 인물의 삶과 감정의 리듬을 실어야 한다. 떨리는 호흡 하나로도 두려움을 표현할 수 있으며 힘 있는 호흡 하나로도 관객을 설득할 수 있다. 또한 한숨 한 조각이 절망의 고통을 대변한다.

대사와 호흡, 발성이 합쳐질 때 인물은 무대 위에서 생동감 있게 움직인다.

오늘의 연습 일지 : 대사·호흡·발성 훈련법

① 복식 호흡 훈련

등을 바닥에 붙이고 누운 상태에서 코로 숨을 들이마신다.

배가 풍선처럼 자연스럽게 올라오게 한다.

4초 들이마시고 6초 내쉬기를 10회 반복한다.

→ 무대 위 긴 대사를 끊기게 하지 않고, 말할 수 있는 기본 호
흡 훈련.

② 발성 연습 (공명 훈련)

'마-메-미-모-무'를 길게 끌며 발성한다.

가슴, 입, 이마까지 울림을 느끼며 톤을 올린다.

하루 15분 반복 연습한다.

→ 무대 전체를 채우는 울림 있는 소리 확보.

③ 대사 호흡 훈련

대본에서 긴 대사를 선택해 쉼표(,)마다 호흡을 체크한다.

호흡을 억지로 끊지 않고 자연스럽게 연결한다.

→ 실제 공연에서 감정과 호흡이 하나로 이어지도록 만들기.

④ 즉흥 대사 훈련

상황을 머릿속에 그리고 즉흥적으로 대사를 바꿔 말해본다.

→ 암기한 대사 이상의 진짜 감정과 호흡을 배우는 과정.

숨은 곧 삶이다. 한 번의 깊은 호흡이 무대를 살리고, 한 마디의 진심 어린 대사가 인생을 움직인다. 오늘의 숨, 오늘의 말, 오늘의 연습이 내일의 나를 만든다. 연습을 게을리하면 무대는 무너진다.

■ 인생도 연기 ■

성급하면 감정이 무너지고 조급하면 흐름을 잃는다. 호흡은 숨길 수 없기에 억지로 꾸미면 금방 들통난다. 꾸며낸 호흡은 오래 가지 못한다. 긴장할 때 호흡은 가빠지고, 집중할 때 호흡은 길어진다.

23) D-8. 연기변신

좋은 배우는 작품마다 새로운 성격과 얼굴, 몸짓, 호흡을 만들어낸다. 반면, 어떤 배우는 텍스트만 바뀔 뿐 연기 스타일과 표정, 행동, 몸짓이 거의 비슷하다. 그런 연기가 때론 안정적일 수 있지만, 관객에게 진짜 살아있는 인물로 다가가기는 어렵다.

나는 맡은 배역을 다양한 각도에서 관찰해 새롭게 만들어낸다. 인물의 말과 행동, 삶의 흔적을 하나씩 조립하며 재창조한다. 그 인물이 겪은 시간과 감정을 내 몸과 마음에 집어넣는다. 그리고 무대에 올라가면 나를 지우고 완전히 그 인물이 되도록 연기한다.

연기는 단순히 '보여주는 것'이 아니라, 살아내는 경험이기 때문이다. 역할에 완전히 몰입하려면, 자신의 습관과 버릇을 내려놓아야 한다.

몸짓, 호흡, 표정 하나까지 목적을 가지고 바꿔야 하며, 해당 인물의 성격과 동기에 맞춰져야 한다. 변신은 단순한 기술이 아니라 인생을 바라보는 시선과 감정을 읽는 힘이 함께 작동해야 제대로 기능한다.

배우가 역할을 창조하는 3단계 (스타니슬랍스키)

① 인식의 시기 : 희곡과 인물에 대한 이해를 바탕으로 역할 분석

② 체험의 시기 : 자신의 경험과 감정을 통해 역할의 감정 체험

③ 구현의 시기 : 무대에서 역할을 실제로 구현하며 연기

이러한 과정은 배우가 단순히 대사를 암기하는 것을 넘어, 캐

릭터의 내면을 깊이 이해하고 그 삶을 무대 위에서 살아내는 데 중점을 둬야 한다.

배우가 역할에 몰입하기 위해서는 먼저 자신에 대한 깊은 이해와 준비가 필요하다. 스타니슬랍스키는 이를 '자신에 대한 배우의 작업'이라고 명명하며, 배우가 자신의 신체와 감정을 역할에 맞게 조절하고 준비하는 과정을 강조했다. 배우의 변신은 외형적인 변화뿐만 아니라, 내면의 깊은 이해와 준비를 통해 이루어진다.

■ 인생도 연기 ■

과거의 나를 반복하지 않고, 상황과 사람에 따라 마음과 행동을 조율할 때, 진짜 나만의 삶이 완성된다. 변신은 인생 성장의 핵심 열쇠다.

24) D-7. 공백

　대본과 연기 사이에는 언제나 설명되지 않은 틈, 공백이 존재한다. 배우가 이 공백을 어떻게 채우느냐에 따라 공연은 전혀 다른 색을 띤다. 나는 그 공백을 창조적 무의식과 예술적 직관으로 메우려 애쓴다. 글과 글 사이, 대사와 대사 사이에 숨어 있는 침묵과 숨결을 배우의 개성으로 채우는 것이다.

　안톤 체호프*는 "배우의 임무는 모든 것을 말하는 것이 아니라, 말하지 않은 것까지 보여주는 것이다"라고 했다.

　같은 대본이라도 배우에 따라 전혀 다른 인물이 탄생하는 이유가 여기에 있다. 대본이 뼈대라면, 그 사이를 메우는 건 배우의 호흡과 경험, 그리고 말로 다 하지 않은 마음이다.

　샌포드 마이즈너*도 "연기는 단순히 단어를 말하는 것이 아니라, 그 사이의 침묵에서 살아나는 것이다"라고 했다. 나는 이 말에 크게 공감한다. 모든 걸 친절하게 설명해주는 공연도 있지만, 여백을 남겨둘 때 관객은 더 깊이 사유할 수 있다. 그림에서 여백의 미가 중요하듯, 연극에서도 여백은 배우와 관객이 함께 완성해간다.

　피터 브룩*은 "연극은 텅 빈 공간에서 시작한다"고도 했다. 무

＊ 안톤 체호프(Anton Chekhov, 1860~1904) : 러시아의 의사, 소설가, 극작가. 대표작으로는 「갈매기」, 「바냐아저씨」, 「세 자매」, 「벚꽃동산」 등이 있다.
＊ 샌포드 마이즈너(Sanford Meisner, 1905~1997) : 20세기 미국 연극계에 막대한 영향을 준 배우이자 연기교육자이다.
＊ 피터 브룩(Peter Brook, 1925~2022) : 영국의 연극 연출가로 저서는 「빈 공간」이 있다.

대 위의 공백은 단순한 비어 있음이 아니라, 배우와 관객이 함께 숨을 불어넣어 완성하는 살아 있는 공간이다. 연기의 여백은 빈 공간이 아니라 관객의 마음이 채워지는 자리다.

동양의 전통 미학은 이 점을 일찍이 꿰뚫었다. 한국의 수묵화에서 여백은 허공이 아니라 기운[氣]이 흐르는 자리다. 일본의 전통 공연예술은 '間(마)'라는 개념을 통해, 멈추는 순간과 빈 공간이 오히려 전체를 완성한다고 설명한다. 여백 속에서 관객은 스스로 이야기를 만들어내고, 그것이 작품의 진정한 힘이 된다.

〈웨딩드레스〉 공연에서 내가 바라는 지점 역시 여백이다. 부모의 사랑, 자식의 그리움, 삶과 죽음의 경계는 모두 말로 다 설명할 수 없다. 하지만 그 침묵과 멈춤 속에서 관객은 자기만의 가족을 떠올리고, 지금 살아가는 삶을 되돌아볼 수 있다. 그 순간을 만들어내는 것만으로도, 배우는 충분히 행복하다.

■ 인생도 연기 ■

삶의 공간을 다 채우려 하면 숨이 막힌다. 여백을 통해 우리는 스스로를 돌아보고, 사랑과 그리움의 깊이를 깨닫는다.

25) D-6. 매력

관객은 배우의 대사를 듣지만, 좋은 배우는 대사의 '사이사이'를 읽는다. 거기에는 보이지 않는 감정의 흐름, 인물의 숨결, 사건의 흔적이 숨어 있다. 배우에게 이 '사이'와 '이면'은 마법의 땅과 같다. 배우는 그곳에서 자유롭게 살아 숨 쉴 수 있어야 한다.

그리고 무대에서 배우가 살아남으려면 반드시 필요한 게 있다. 바로 매력이다. 매력은 단순히 외모에서 오지 않는다. 인물에게 꼭 맞는 표정, 소리, 버릇, 몸짓, 의상, 발성 그리고 그것을 뒷받침하는 연습과 분석, 몰입에서 나온다.

"매력적인 배우란, 자신이 맡은 인물의 영혼을 완전히 소화해 내어, 관객이 저항할 수 없도록 끌어당기는 힘을 가진 자다."
– 스타니슬랍스키

실제로 스타니슬랍스키는 배우 모스크빈(И.М. Москвин)의 연기에 대해 "얼굴이 아름답지 않지만, 인물을 완전히 흡수한 순간 무대에서 누구보다도 매혹적인 존재가 된다"라고 기록했다.

나는 매순간 이 말을 떠올리며, 배우의 매력이란 화려한 외모나 장식이 아니라, 인물의 삶과 고통, 기쁨을 관객이 믿게 만드는 진정성이라고 정의한다. 그 끌림이 배우의 힘이며 매력이다. 무대를 장악하는 원천이다.

모노드라마 〈웨딩드레스〉를 준비하면서도 '매력'의 본질을 고민했고 실감했다. 극 중 여러 역할을 오가며 수려한 외모나 화려한 제스처가 아니라, 인물에게 꼭 맞는 숨결과 몸짓, 작은 버릇 하나가 관객의 마음을 흔들어놓을 수 있다는 확신을 연습과정에서 매번 느꼈다.

특히 나이 든 권지숙 역할을 연습하며 펴지 못하는 허리, 지팡이를 짚는 손끝, 사투리 한마디는 그저 흉내가 아니라 진짜 그 인물이 되어야만 관객에게 설득력과 한께 매력으로 작동한다.

■ 인생도 연기 ■

연기의 매력처럼 인생의 매력도 꾸며낸 모습이 아니라, 내 삶을 온전히 살아내는 모습에서 나온다. 타인에게 보여주기 위해 꾸미거나 억지로 맞추려 하기보다, 매일의 경험과 감정, 작은 선택과 행동 속에서 나 자신의 진심을 다할 때, 상대의 마음도 자연스럽게 움직인다.

26) D-5. 인터뷰

공연을 5일 앞두고 미디어 인터뷰가 잡혔다. 무대 위에서 연기를 할 때와 달리, 기자 앞에서 어떤 말을 해야 할지 마음이 조심스럽고 떨린다. 하지만 늘 그랬듯, 지금의 모습을 진솔하게 보여주고, 마음속 생각을 딤담히게 얘기하기로 마음먹었다.

이번 1인극 〈웨딩드레스〉는 나에게 특별한 의미가 있는 작품이다. 연기 30년 기념작이자, 평생 해보고 싶었던 버킷리스트였기 때문이다. 처음부터 끝까지 혼자 서야 하기에, 더 세심하고 깊게 빠져들 수밖에 없다.

기자에게 "내 연기의 모든 것을 보여주겠다. 30년간 쌓아온 경험을 총동원해, 이번 공연을 통해 앞으로 더 나아갈 계단을 준비하고 싶다. 연말인데 귀한 시간을 내어 공연장을 찾아주시는 관객들을 위해, 어떤 무대보다 의미 있는 공연으로 만들기 위해 집중하고 있다"고 했다.

극의 메시지에 대해선 "우린 모두 왔던 곳으로 돌아간다. 죽음은 두렵고 아프다. 하지만, 헤어짐이 끝은 아니다. 지금은 살아내기 힘들지만, 다시 만났을 때 우리가 얼마나 열심히 살았는지를 보여주고 싶다"고 했다. 내 마음과 공연의 각오를 담아 이야기했다.

인터뷰 말미, 앞으로의 계획도 덧붙였다.

"매년 연말이면 모노극 〈웨딩드레스〉를 공연하고 싶다. 나이가 들수록 무대 위에서 느끼는 감정과 호흡은 달라질 것이고, 그 차이를 관객과 나누고 싶다. 또한 이 작품을 영어로 번역

해, 가족 세계여행을 다닌 것처럼 여러 나라에서 공연하고 싶
다. 모노극 준비 과정을 담은 책도 내고 싶다."

■ 인생도 연기 ■

혼자라고 느껴지는 순간에도, 많은 중압감 속에서도 성실한
사람이 있다. 타인에게 진심을 전하며 스스로 커가는 사람이
있다.

나의 첫 1인극 〈웨딩드레스〉는 나흘간 공연된다. 길지 않은 기간이지만, 초연이고 1인극이라는 점을 생각하면 그 시간은 더욱 소중하게 다가온다. 홀로 무대를 책임져야 하는 부담감은 분명 있지만 설렘이 그 부담을 압도한다.

무대에 오르고, 연기하는 순간의 기쁨은 크다. 그런데 사실 준비하는 과정 자체가 더 행복하다. 무대 위의 한 시간보다, 그 시간을 만들기 위해 흘린 수많은 땀과 고민, 연습의 시간들이 내게는 더 큰 의미를 준다.

사람들은 내게 묻는다. 많은 돈을 받는 것도 아니고, 긴 연습 기간에 비해 공연 기간도 짧은데, "왜 연극을 하나요?"라고.

왜일까. 나도 내 자신에게 이번 모노드라마를 준비하며 다시 묻는다. 그리고 마음속 답을 끌어올리며 이렇게 답한다.

① 숨 쉬는 순간을 느끼기 위해서

무대 위에서 내 심장이 뛰고 호흡이 벅차오르는 순간, 나는 살아있음을 느낀다. 그 순간만큼은 내가 존재하는 이유와 가치를 온전히 체감할 수 있다.

② 활자 속 인물을 현실로 만들기 위해서

대본의 인물은 글자일 뿐이지만, 내가 연기함으로써 관객 앞에서 살아 숨 쉬게 된다. 텍스트를 몸과 마음으로 담아낼 때, 나는 작가의 마음, 인물의 삶, 사건의 결을 함께 느끼고 전달할 수 있다.

③ 관객과 함께 살아가는 경험을 위해서

관객은 단순한 구경꾼이 아니라, 나와 호흡을 맞추는 동반자
다. 소극장에서 우리는 서로의 감정을 공유하고, 서로의 마음
을 움직인다. 무대 위의 순간은 나만의 것도, 관객만의 것도
아닌, 모두가 함께 만들어가는 삶의 한 조각이다.

④ 나 자신이 세상과 연결되기 위해서

연극은 나를 넘어, 내 주변과 세상과 연결하는 경험이다. 가족,
친구, 그리고 보이지 않는 사람들의 삶까지 상상하며 그 안에
서 공감하고 느낀다. 연극을 통해 내 삶도 더 깊고 풍부해진다.

⑤ 삶의 의미를 발견하고 기록하기 위해서

연습과 공연의 과정은 나의 삶의 기록이 된다. 매 순간의 고민
과 몰입, 실패와 성공, 그런 모든 경험이 나를 배우이자 인간
으로 성장하게 한다.

결국 나는 연극을 통해 살아있음을 느끼고 인물을 사랑하고 관
객과 교감하며 나와 세상을 연결한다. 그렇게 삶의 의미를 발견
한다. 그 순간이 있기에 나는 오늘도 무대에 서고 싶은 것이다.

내가 숨 쉬고 심장이 뛰고 있음을 무대에서 느낄 수 있고, 또
텍스트에서만 존재하는 인물을 최선을 다해 무대에서 살아 숨

쉬게 하는 과정과 순간들은 내 삶을 행복하게 한다. 이것보다 더 중요한 것이 있을까? 이렇게 심장이 쿵쾅쿵쾅 요동치고 있는데…

행복은 외부에서 오는 것이 아니라, 내가 몰입하고 살아가는 순간에서 자란다. 결과가 아니라 매 순간의 호흡과 몰입, 그리고 존재감을 느끼는 것, 그것이 행복이다.

머리카락을 한 올 넘기는 것, 소매를 팔뚝까지 걷는 것, 안경을 콧잔등에 올리는 것, 잠시 옆을 바라보는 것. 무대 위에서 배우의 작은 움직임 하나 하나는 결코 우연히 나오지 않는다. 모두 감정의 흐름과 연결된 신호이며, 다음 장면으로 이어지는 감정의 징검다리다. 때로는 이유 없는 행동조차, 사실은 자연스러움을 위한 장치다.

배우의 움직임에 대한 주요 관점

- 스타니슬랍스키(Stanislavski)

그는 "무대 위에서의 움직임은 항상 의도와 목적을 가져야 한다"고 강조했다. 의미 없는 제스처는 오히려 관객을 방해하고, 작은 움직임 하나라도 인물의 성격, 상황, 감정에서 비롯되어야 한다고 했다.

예) 인물이 불안할 때 손가락을 꼼지락거리거나 시선을 피하는 행동은 텍스트보다 더 강력하게 불안을 전달한다.

- 미하일 체호프(Mikhail Chekhov)

인물의 내적 충동을 외부의 제스처로 형상화하는 방법을 강조한다. 큰 제스처뿐 아니라 작은 습관적 동작이 인물의 무의식과 연결되어 관객에게 전달된다. 배우는 심리적 제스처를 반복하며 점차 내면과 외면이 일치되는 지점을 찾아간다.

· 예지 그로토프스키(Jerzy Grotowski) *

배우의 움직임은 장식이 아니라 본질이다. 배우의 몸을 악기
로 보았고 그 몸에서 나오는 움직임은 감정을 표현하는 가장
원초적인 방식이라 했다. 작은 눈빛 교환, 호흡, 떨림까지 모
두 무대 언어가 된다.

· 피터 브룩(Peter Brook)

빈 공간에서 배우는 단지 무대 위에 존재하는 것만으로도 관
객에게 큰 울림을 준다. 이는 곧 '작은 움직임에도 진실이 담
기면, 관객은 이미 그 안에서 의미를 읽어낸다'는 뜻이기도
하다.

배우 이주화의 움직임 3원칙

① 작은 움직임은 큰 동작보다 더 어렵다

큰 동작에 비해 쉽게 눈에 띄지 않지만, 작은 제스처는 진실하
지 않으면 바로 어색해진다. 관객은 무대 위 거짓된 손끝을 금
세 알아챈다.

② 리듬과 호흡의 연장선

움직임은 호흡에서 나오며, 감정의 리듬을 따라가야 자연스럽
다. 한 올의 머리카락을 넘기는 행동도 호흡과 이어져야 '살아

---

* 예지 그로토프시키(Jerzy Grotowski, 1933~1999) : 폴란드 연출가, 연극이론가.

있는 행동'이 된다.

③ 움직임은 캐릭터의 두 번째 대사
어떤 움직임은 말보다 먼저 관객의 무의식을 건드린다. 관객
은 배우가 말하기 전의 눈빛, 손끝의 떨림에서 이미 감정을 읽
어낸다.

작은 행동이 큰 신뢰를 만든다. 무심히 건넨 미소 하나, 작은
친절 하나가 결국 사람의 마음을 움직인다. 말 한마디가 하루
를 바꿀 수 있다. 짧은 위로의 말, 사소한 칭찬이 누군가의 삶
을 환하게 비춘다. 특별한 날보다 평범하고 사소한 하루들이
모여 결국 인생이 된다.

스무 살 초반 공재탤런트 시험에 합격한 뒤, 나는 배우로서 한 길만 걸어왔다. 그 길을 걸으며 쌓은 경험과 노력은 단순한 지나침이 아니다. 순간을 소중히 여기며 살아가는 것이 인생을 풍요롭게 한다. 무대 위에서 온 마음을 담아 숨 쉬듯 연기했듯, 내 연기 인생도 시간의 가치를 담아 아직 진행형이다.

공연이 목전이다. 매일 대본을 읽고, 표정과 몸짓을 다듬고, 감정을 탐색하며 쌓아온 시간들. 그 모든 준비가 내 삶 속에 스며들어 있다. 공연을 앞둔 이 순간을 맞을 수 있음에 감사하다. 지금 가진 기회에 고마워할 줄 아는 마음이, 삶을 단단하게 하고 흔들리지 않게 한다. 감사와 초심은 나 자신을 성장하게 하고, 주변과의 관계를 따뜻하게 만든다.

연습을 마치고 집으로 돌아오면, 나는 청소를 한다. 책상 위, 방 한켠, 주방까지 차근차근 정리하면 마음도 함께 정돈된다. 정리된 공간은 무대 위 집중을 위한 숨통이 되고, 빈 공간은 새 아이디어와 감정을 담을 그릇이 된다.

무대의 집중과 몰입은 사소한 일상에서 비롯된다. 작은 청소와 정리, 반복되는 연습이 결국 큰 순간을 완성한다. 일상의 루틴을 소홀히 하지 않는 것이 삶의 기반이 된다.

오늘도 난 작은 일상의 루틴에 감사하다.

■ 인생도 연기 ■

꾸준한 노력이 한 방울씩 모여 컵을 채운다.

대본은 마지막 순간까지 손에 놓지 않는다.
비록 수천 번을 읽었어도, 아직 발견하지 못한 작은 호흡이 숨어 있을 것만 같다.
공연 직전에도 계속 눈으로 훑으며 가슴에 새긴다.
혹시라도 놓친 감정, 스쳐간 숨결이 있다면 끝까지 붙잡고 싶다.
그리고 조용히 내 안의 두려움과 마주한다.
잘할 수 있을까?
실수하지는 않을까?
이런 불안이 고개를 드는 순간, 나는 다시 호흡을 고른다.

Memdrana
Wedding Dress

1. 첫 공연의 두려움과 설렘

1) D-1 테트리스: 공연 전날의 심장 박동

내일 공연이다. 하루종일 거울 앞에서 움직임을 체크하고, 손끝 하나, 눈빛 하나까지 반복했다. 굽은 허리의 각도, 지팡이를 짚는 손의 위치, 사투리 한마디에 담긴 고저. 마지막까지 미세한 동작을 그냥 흘려보낼 수 없다. 작은 음표가 모여 전체 선율이 된다.

공연 전날, 내 마음은 테트리스처럼 여러 조각들을 맞춰간다. 매일의 연습으로 끌어올린 한계치, 각 장면마다 부서지는 감정의 조각들. 그리고 마침내 인물의 숨결과 나의 숨결이 정확히 맞아떨어져야 내일 폭발할 에너지가 완성된다.

조용히 대본을 손에 들고, 머릿속으로 장면을 반복하며 내일을 시뮬레이션 한다. 긴장과 설렘이 섞인 얼굴로 장면마다의 감정을 미리 살아본다.

몸도 깨운다. 가벼운 스트레칭, 목소리 훈련, 동선 연습. 몸이 먼저 준비되어야 마음도 안정된다.

나만의 루틴 속에서 마음을 다잡는다. 조용히 음악을 듣고, 차를 마시며, 내일 무대에서 누구로 살아갈지를 되뇌인다. 설렘과 긴장 때문에 잠을 설칠 수도 있지만, 그 불안감조차 내일 폭발할 에너지를 준비하는 과정이다.

나는 알고 있다. 내일 단 한 번의 무대에서 모든 준비가 빅뱅

"초음파 영상으로 널 처음 보았을 때 얼마나 놀랍고 신기했는지 알아?
잘 때나 깨어있을 때나 네가 숨 쉬고 움직이는 거 엄마는 다 느꼈단다.
우리 아가가 조그만 발로 엄마 배를 꾹 하고 밀 때면
엄마도 우리 아가 발에 손을 갖다 대었단다.
우리 아가 발이 여기 있었구나.
우리 하이파이브하자."
— 〈웨딩드레스〉 중에서

"네가 태어난 날 세상에 있는 모든 게 다 멈춘 줄 알았어.
아무 소리도 들리지 않고 들렸던 기억도 안 나.
그냥 네 얼굴만 기억난단다.
네가 눈을 잠깐 뜨고 엄마를 쳐다보던 맑은 눈을 결코 잊을 수 없을 거야.
엄마는 너무 행복했단다.
엄마 인생의 최고의 날이었어. 아름다운 봄날."
— 〈웨딩드레스〉 중에서

직전처럼 한순간으로 모인다는 것을. 내일은 단순한 공연이 아니다. 한계와 설렘, 집중과 몰입, 준비와 기다림이 모두 어우러져 만들어낼 생생한 순간이다.

오늘밤, 마음속으로 숨을 고른다. 내일 무대 위에서 나는 이수연, 권지숙으로 관객 앞에 설 것이다. 관객의 시선 속에서 나와 이들의 인생이 동시에 호흡할 것이다.

최선을 다했다. 이제 남은 건 단 하나, 무대 위로 올라가는 발걸음뿐이다.

■ **인생도 연기** ■

한계에 맞선 매 순간의 떨림 속에 삶은 나아간다.

오늘, 드디어 배우 이주화의 모노드라마 〈웨딩드레스〉 공연 날이다. 무대에 오르기 전 분장실은 적막하다. 평소라면 동료 배우들의 웃음소리와 분주한 손길이 가득할 공간인데, 이번에는 1인극이라 나 혼자다. 분장실도, 무대도, 소품도 전부 내 몫이다. 이 고요함이 낯설기도 하지만, 동시에 묘히게 나를 집중하게 만든다.

역할에 따라 갈아입을 옷과 소품을 하나씩 다시 점검한다. 무대에서 혹시라도 문제가 생기면 안 되기에 여벌도 준비했다. 대본 속 연기 동선도 머릿속에 재차 그려본다.

발을 디딜 야광테이프를 상상하며 마음으로 꾹꾹 눌러 붙인다. 나의 길을 확인하듯 손을 뻗어 쓸어본다. 이미 수백, 수천 번 반복한 동선인데도 오늘은 다르게 느껴진다. 한 발 한 발이 무겁고, 동시에 설렌다.

대본은 마지막 순간까지 손에 놓지 않는다. 비록 수천 번을 읽었어도, 아직 발견하지 못한 작은 호흡이 숨어 있을 것만 같다. 공연 직전에도 계속 눈으로 훑으며 가슴에 새긴다. 혹시라도 놓친 감정, 스쳐간 숨결이 있다면 끝까지 붙잡고 싶다.

그리고 조용히 내 안의 두려움과 마주한다. 잘할 수 있을까? 실수하지는 않을까? 이런 불안이 고개를 드는 순간, 나는 다시 호흡을 고른다.

지금 이 순간 내가 여기 있다는 것, 30년 동안 무대를 향해 달려온 시간이 나를 이 자리로 데려왔다는 사실을 떠올린다. 그 생각이 긴장보다 심장을 조이는 흥분을 안겨준다.

무대에 나가기 직전, 나는 아직 커튼 뒤에 있다. 하지만 심장은 이미 무대 위에 있다.

관객의 시선, 무대 위의 빛, 그 모든 것을 상상하며 내 심장이 빠르게 뛴다. 두려움도 있지만, 그보다 더 큰 건 감사다. 이런 기회를 얻었다는 것, 지금 이 순간을 살아 있다는 것, 그 자체가 나를 벅차게 만든다.

이제 곧 막이 오른다.

■ 인생도 연기 ■

무대는 삶과 닮았다. 완벽하게 준비했어도 내일의 장면은 아무도 모른다. 그래서 우리는 불안 속에서도 한 발을 내딛는다. 누군가 말했다. 용기란 두려움이 없는 것이 아니라, 두려움을 안고도 앞으로 나아가는 것이라고. 망설임 끝에 내딛는 한 걸음이 의미 있다.

3) 첫 공연을 마치고

드디어 무대에 올랐다. 배우 이주화의 모노드라마 〈웨딩드레스〉, 이제 세상 밖으로 나왔다. 관객 앞에 선 순간, 떨림은 사라졌다. 나는 오롯이 권지숙 엄마가 되고, 이수연 딸이 되면서, 세 모녀의 삶을 살아보고 느낀다. 연습실에서 혼자 연습하며 풀리지 않던 감정의 매듭들이 관객의 눈빛 앞에서 스르륵 풀려나간다. 신기한 경험이다.

무대 위에서 만난 엄마 권지숙은 내가 상상했던 것보다 더 따뜻한 사람이었다. 죽음을 앞두고도 끝내 딸을 품는 모성애, 그 깊이를 통해 나는 또 배운다.

그리고 이수연을 통해선, 아이를 낳고서야 알게 된 엄마의 사랑을 느낀다. 이수연의 목소리는 하늘나라에 있는 엄마 권지숙과 딸 해림에게 닿는 듯 무대에서 울려 퍼졌다.

그리고 무심결에 권지숙은 허공에 손을 뻗어 '하이파이브'를 했다. 뱃속에서 발길질하는 아기와 손끝으로 맞닿은 순간이다. 세 모녀의 연결고리가 '하이파이브'로 연결된다.

권지숙은 충청도 사투리로 딸에게 하이파이브를 건네고, 이는 수연에게도 이어졌다. 마지막 장면에서 나는 관객과도 하이파이브를 나누었다. 그 떨림은 첫 공연만이 가진 빛나는 떨림이다.

공연을 마치고 분장실에 돌아오니 눈물이 자꾸 흘러내렸다. 〈웨딩드레스〉 속 세 모녀의 삶에서 느낀 감동을 조금이라도 더 오래 붙잡아 두고 싶어서였을까. 세 모녀의 하이파이브처럼, 부모와 자식, 나와 타인, 삶과 경험은 보이지 않는 끈으로 이어진다. 우리는 홀로 존재하지만, 이 연결이 삶을 지탱한다.

텍스트 속에만 있던 권지숙과 이수연, 강해림은 오늘 첫 무대에서 숨 쉬었고, 나와 교감했다. 그 만남 속에서 나는 행복했고, 세 모녀 또한 행복했기를 바란다.

■ 인생도 연기 ■

연기는 삶의 축소판이다. 매 순간 선택과 움직임, 호흡과 대사 하나까지 신중히 고민하며 살아간다. 일상의 작은 행동 하나에도 의미를 담아 본다. 무대에 서기 전의 설렘과 긴장은 삶의 새로운 도전을 앞둔 순간과 같다. 준비와 성실로 맞서면 두려움은 힘을 잃고, 새로운 나를 발견하게 된다. 결국 삶은 끊임없는 재창조다. 오늘의 나를 반추하고, 내일의 나를 설계하며, 순간마다 조금씩 다른 나로 태어난다.

"어머니가 입고 싶어 했고, 제 딸에게도 입혀주고 싶었던
이 드레스를 입고서 인사드립니다. 다른 시간에서 살아있을
어머니와 딸 해림이를 잠시나마 만날 수 있게 해주셔서 감사합니다.
공연은 끝났지만, 오래오래 이 무대에 머물고 싶습니다.
계속 용기 내어 무대에 서겠습니다."
— 공연 후 관객에게 인사하는 배우 이주화

2. 끝맺음, 그리고 새로운 시작

무대 위에서는 언제나 예기치 못한 순간이 찾아온다. 돋보기안경이 두 동강 나던 그날의 공연도 그랬다. 그러나 위기는 곧 또 다른 시작이 된다. 애드리브로 넘긴 작은 사건은, 오히려 무대와 나를 더 가깝게 만들었다. 소품 하나에도 더 숨결이 느껴진다.

관객은 언제나 거울이다. 그들의 눈물은 내 연기를 비추고, 내 목소리는 그들의 상처를 감싼다. 딸을 잃은 한 관객이 흘린 눈물은 〈웨딩드레스〉가 단지 나의 이야기가 아니라, 누군가의 고백이자 위로가 될 수 있다는 사실을 일깨워 주었다.

부모님이 객석에 오신 날, 나는 딸이 되었다. 병마와 싸우면서도 딸의 공연을 보러 오신 엄마, 그리고 묵묵히 곁을 지켜주신 아빠. 그 부축의 손길에 담긴 사랑은 내 연기보다도 더 큰 무대다.

내 공연을 본 고1 딸은 다음날 홀로 미국의 친척집으로 떠났다. 멀리 가는 딸을 바라보며 나는 엄마가 되었다. "엄마가 세상에서 제일 연기 잘해요"라는 딸아이의 말은, 그 어떤 박수보다도 큰 선물이다.

일주일간의 공연이 끝났다. 그러나 끝은 다시 시작이다. 앞으로 매년 〈웨딩드레스〉는 조금 더 깊어진 모습으로 돌아올 것이다. 한 살 더 먹듯, 무대 위의 나는 또다시 자라날 것이다. 관객의 눈빛과 부모님의 손길, 딸의 웃음은 내 안에서 여전히 반짝이고

있다.

마지막 공연을 마치고 나는 조용히 다짐했다.

"토닥토닥, 주화야 잘 견뎌냈다. 이제 다시 시작이다."

■ 인생도 연기 ■

첫 공연이 두려움의 무대였다면, 두 번째는 확신의 무대였다. 세 번째에 이르러서야 비로소 무대는 나의 것이 되었다. 삶도 마찬가지다. 반복되는 하루가 나를 단단하게 빚어간다.

3. 관객과의 만남, 삶도 연극이다

모노드라마 〈웨딩드레스〉를 무대에 올리는 과정은 결코 혼자만의 것이 아니다. 1인극이라 무대 위에는 홀로 서지만, 작품을 사랑하고 열정을 나누는 많은 스태프와 동료 배우, 그리고 관객들이 있었기에 가능했다. 공연을 준비하며 마주한 사람들의 마음과 노력은 나에게 큰 힘이 되었고, 그 과정 자체가 참 행복했다.

공연이 끝난 뒤, 나는 관객들이 공연을 보기 위해 걸어온 길 그대로, 감사한 마음으로 한 분씩 찾아가고자 했다. 사람이 온다는 것은 단순한 방문이 아니다. 그 사람의 한 생애, 한 날의 시간과 마음이 온다는 뜻이다.

연극은 결국 인생 이야기이고, 무대 위에는 사람들의 삶이 스며든다. 그렇기에 나를 응원하며 공연을 찾아와 준 사람들을 생각하면 마음이 벅차오른다.

친구, 동료, 선후배 등 바쁜 시간을 내어 공연을 찾아온 분들을 한 분씩 만나면서, 나는 조금 더 성숙한 배우가 되어간다. 그들과 나눈 이야기, 그들의 눈빛과 손길 하나하나가 나를 단단하게 만들고, 앞으로 나아갈 힘이 된다. 사람의 삶이 모여 내 연극과 내 인생을 풍요롭게 만든다.

특히 공연 후, KBS 탤런트 동료들과 함께한 짧은 강릉 여행은 오래도록 마음에 남는다. 백사장을 걷고 바다를 바라보며, 웃고

울고, 서로의 아픔과 기쁨을 나눈 시간.

우리는 배우라는 공통점으로 연결되어 있지만, 여행을 통해 그 이상의 마음을 나눌 수 있었다. 이렇게 서로의 삶을 조금씩 알아가고 이해하며, 위로와 힘을 주고받는 시간이 쌓일수록, 나는 배우로서, 한 사람으로서 한층 더 깊어지고 풍요로워진다.

공연을 준비하며 느낀 감정, 무대 위에서 전하는 내 마음, 그리고 무대 밖에서 마주하는 사람들의 눈빛과 온기. 모든 순간이 나를 더 큰 꿈과 열정으로 이끈다. 연극이 끝난 후에도 그 길을 거슬러 찾아가며 마주한 사람들의 삶과 마음은, 내가 배우로서 살아가는 길을 더욱 의미 있게 만들어 준다.

이번 공연과 그 이후의 만남을 통해 깨달은 것은 인생은 사람으로 연결된다는 거다. 감사하고, 사랑하며, 진심으로 함께하는 마음이 삶과 예술을 아름답게 만든다. 나의 걸음 하나하나가 누

군가에게 작은 이정표가 되고, 관객들의 삶과 내 삶이 서로 겹쳐
지며 또 다른 꿈과 도전을 향한 힘이 된다.

앞으로도 나는, 이 길 위에서 만나는 모든 이들에게 마음을 다
해 감사와 응원을 전하며 살아갈 것이다.

배우 이주화의 모노드라마 〈웨딩드레스〉를 응원해 주셔서 감
사드립니다.

■ 인생도 연기 ■

인생은 서로가 함께할 때 의미 있고, 감사와 진심이 쌓일수록
삶과 예술 모두 풍성해진다.

4부

낯선 곳에서 나를 증명하다
-영국과 일본 공연

꿈은 이루어진다.
하지만 그 꿈은 단순히 이루어지는 것이 아니라,
준비와 노력, 그리고 함께하는 사람들과의 마음이 모일 때
비로소 현실이 된다. 나는 이제 이 새로운 도전을 맞이하며,
가슴 벅차게 또 다른 꿈을 향해 한 걸음 내딛는다.

1. Dream Come True

이듬해 봄, 모노드라마 〈웨딩드레스〉의 작/연출자인 차현석 연출에게서 전화가 왔다.

"선배님, 혹시 8월 스케줄이 어떠세요?"

차 연출의 목소리에는 평소보다 들떠 있었다. 그는 〈웨딩드레스〉가 영국 에든버러 페스티벌 '아시아 모노 컬렉션'에 참여하게 되었다는 소식을 달뜨게 전했다.

그 이야기를 듣자 내 가슴은 순간적으로 뛰었다. 〈웨딩드레스〉를 준비하고 무대에 올리면서 늘 마음 한 켠에 품고 있던 꿈이 있었다. 바로 해외에서 1인극 〈웨딩드레스〉를 공연하는 것.

그 꿈을 상상하면 늘 마음이 설렜다. 마치 가족과 함께 세계여행을 다니며 처음으로 다른 문화와 풍경을 마주했을 때의 감정과 닮아 있다. 파리 에펠탑의 밤하늘에 반짝이는 불빛, 스페인 하늘을 가로지르는 흰 구름, 독일 작은 카페에서 향긋한 커피를 마시며 느꼈던 자유와 기대, 스위스 알프스에서 마주한 거대한 에너지. 페루 마추픽추에서 들었던 인생의 소중함, 각 나라의 수많은 낮과 밤 그리고 바람과 햇살, 냄새와 소리까지 그 모든 것이 내 마음속에 다시 살아나며 설렘으로 번졌다.

세계 각지에서 만나는 사람들의 숨결, 눈빛, 미소 속에서 내 연기가 살아 숨 쉬길 바랐고 그들과 마주하며 내 연기가 관객의 마음속에서 함께 호흡하기를 소망했다.

"꿈은 정말 이루어지는 걸까?"

30년 넘게 한길만 걸어오며 쌓아온 연기와 노력, 밤새운 연습과 무수한 고민들이 떠올랐다. 그 모든 시간이 한순간에 보상받는 듯한 기분이 들었다. 마음속 깊이 울리는 감동과 기대는 며칠 동안 나를 가득 채웠다.

그러나 곧 마음을 다잡았다. 흥분은 잠시일 뿐, 현실은 준비된 자에게만 기회를 준다. 해외 공연은 기회와 함께 새로운 도전이었고, 책임이 뒤따르는 일이다. 언어와 문화가 다른 곳에서, 내 연기를 어떻게 관객에게 전달할 수 있을지, 한 장면 한 장면의 감정과 호흡을 어떻게 완벽하게 유지할지, 수많은 생각이 머리를 스쳤다.

그러나 불안하지 않았다. 내 안에는 확고한 믿음이 있었다. 내가 무대 위에서 숨 쉬고, 진심으로 살아내는 이야기가 누군가의 마음에 닿을 수 있다는 믿음. 바로 그 믿음이 나를 움직였다. 나는 설렘과 긴장을 안고 새로운 무대를 준비하기 시작했다.

꿈은 이루어진다. 하지만 그 꿈은 단순히 이루어지는 것이 아니라, 준비와 노력, 그리고 함께하는 사람들과의 마음이 모일 때 비로소 현실이 된다. 나는 이제 이 새로운 도전을 맞이하며, 가슴 벅차게 또 다른 꿈을 향해 한 걸음 내딛는다.

■ 인생도 연기 ■

설렘을 즐기고 두려움을 준비로 채우면 삶의 색은 다양해진다.

2. 에든버러를 향한 낯선 도전

국내에서 〈웨딩드레스〉첫 공연을 무사히 마친 뒤, 나는 다음 공연에서 더 업그레이드된 모습을 보여주고 싶었다. 그래서 공연이 끝난 다음 날, 나는 바로 첼로 학원에 등록했다. 모노드라마에 악기 연주를 더하면 작품의 감정과 호흡을 더욱 풍부하게 만들 수 있다는 연출과 내 생각이 일치했기 때문이다.

연출은 내게 말했다. "〈웨딩드레스〉에 나오는 메인 음악을 직접 연주하시는 건 어떨까요?"

사실 첼로는 생각조차 하지 못했다. 어릴 적 피아노를 조금 쳤고, 연기자 생활 중 장구의 매력에 빠진 적은 있었지만, 현악기 경험은 전무했다. 그럼에도 도전을 결심했고, 새해가 되기 전에 그룹 레슨부터 시작했다.

첫날부터 손가락은 아팠고, 첼로에서 나는 소리는 낯설고 무겁게 느껴졌다. 하지만 매일 학원에 가서 연습하며 조금씩 소리에 익숙해졌다. 에든버러 페스티벌 참여가 확정되면서, 나는 그룹 레슨을 개인 레슨으로 바꾸고 하루 종일 연습에 매진했다.

엄지손가락은 아파서 움직이지 않을 정도였고, 다른 손가락에도 물집이 잡혔다. 그러나 그 고통 속에서도, 연주가 조금씩 내 몸과 마음속으로 스며드는 성취감이 나를 움직였다.

첼로 연습과 동시에, 나는 한국무용 수업도 시작했다. 외국에

서 공연할 때 우리 문화를 보여주고 싶다는 마음에 서였다.

비록 〈웨딩드레스〉 내용과 직접 맞물리지 않더라도, 영국 관객들에게 한국의 아름다움을 전할 수 있는 좋은 기회라 판단했다.

종로의 학원에서 기초반과 부채춤 수업을 병행하며, 모든 동작을 처음부터 차근차근 배웠다. 발레와 현대무용에 익숙한 내 몸은 한국무용에 적응하기 어려웠고, 초반 몇 주는 좌절과 혼란의 연속이었다.

하지만 "천천히, 조금씩 나아지겠지"라는 마음으로 최선을 다하며 몸과 마음을 다잡았다. 그렇게 하루가 획획 지나갔다. 아침엔 첼로 레슨, 낮에는 한국무용 기초반과 작품반, 저녁에는 연극 연습.

그 사이에 엄마와 아버지를 돌보고 집안일까지 해야 했다. 몸은 피곤했다. 하지만 마음은 새로움을 채워가는 기대감으로 가득했다. 공연을 업그레이드 하며, 이번에는 꿈에 그리던 해외 공연을 준비하는 과정이기 때문이다.

첼로와 한국무용, 그리고 연극 연습으로 채운 매일은 또 다른 의미의 '무대'였다. 힘들지만 가슴 뛰는 도전의 연속 속에서, 나는 배우로서, 엄마로서, 그리고 한 인간으로서 한 뼘씩 자라고 있음을 느꼈다.

매일 연습이 끝나고 나면, 손가락과 발목이 아프고 몸은 지쳐 있었지만, 마음속에서는 새로운 가능성과 기대가 끓어올랐다.

'이 힘든 과정 끝에 무대 위에서 나는 무엇을 보여줄 수 있을까? 관객들은 내 연주와 춤, 그리고 연기를 통해 어떤 감정을 느낄까?' 그 상상만으로도 나는 벅차오르는 감정을 참을 수 없었다.

그리고 나는 다짐했다. 이 과정을 꾸준히 기록하자. 힘들었던 순간, 넘어졌던 날, 간절히 외쳤던 연습 시간까지, 모두 나의 이야기이자 모노드라마의 일부가 될 것이며, 언젠가 누군가에게 영감을 줄 수 있을 것이다.

첼로, 한국무용, 연극 연습, 가족과의 시간, 모든 것이 겹쳐서 만들어지는 긴 여정이 나의 무대를 완성할 힘이 될 것임을 믿었다.

■ **인생도 연기** ■

낯선 도전 앞에서 두려움이 없는 사람은 없다. 하지만 두려움은 설렘의 그림자이며 친구다.

3. 낯선 도전 앞에서

주말 저녁, 가족과 함께 넷플릭스에서 영화 〈트루 스피릿(True Spirit)〉을 보았다. 16세의 제시카 왓슨이 무동력 요드로 세계 일주를 해내는 이야기였다. 12살의 어린 나이에 꿈을 품고, 4년 동안 바다와 배에 대해 공부하며, 마침내 210일 동안 단 한 번도 정박하지 않고 대양을 항해하는 어린 그녀의 용기는 놀라웠다. 영화를 보는 내내 가슴이 벅찼다.

딸아이가 물었다.

"엄마, 내가 저렇게 세계 일주를 하겠다면 어떻게 할 거야?"

나는 말했다.

"준비가 되어 있고, 네가 원한다면 나는 응원할 거야. 하지만 힘든 결정일 거야."

딸이 열 살이 되었을 때, 1년간 가족 세계여행을 떠났던 일이 떠올랐다. 주변의 걱정과 반대에도 불구하고 떠났던 여행은 우리에게 큰 용기와 깨달음을 주었다. 폭풍우를 견디고 나면 더 큰 힘을 얻는다는 것, 그리고 힘든 순간도 결국 지나간다는 것. 가족 세계여행의 경험도 내가 배우로, 또 한 아이의 엄마로 살아가는 데 가장 엄청난 영감을 주었다. 그 감정은 자연스럽게 이번 여름, 에든버러 페스티벌을 향한 내 발걸음과 맞닿는다.

국내에서 〈웨딩드레스〉 첫 공연을 마치고, 더 완벽한 무대를 위해 준비한 첼로의 손가락 통증, 한국무용으로 인한 몸의 불편함. 매일 이어지는 연극 연습과 가족 돌봄의 무게까지. 모든 게 폭풍우와 같은 시간이었다.

그리고 마침내 8월, 영국 에든버러의 낯선 극장 문을 열고 무대 위에 서는 순간, 나는 다시 한번 전율한다. 꿈은 기록하고 준비할 때 현실이 되고, 도전 앞에서 포기하지 않는 순간, 삶과 연기는 하나가 된다는 것을.

■ 인생도 연기 ■

세상은 늘 준비된 자를 기다린다.

4. 18시간의 설렘 (첫 공연 낯선 땅에서)

인천공항을 떠나 경유지 독일 프랑크푸르트를 거쳐 스코틀랜드 에든버러에 도착하기까지 나는 총 18시간을 하늘 위에서 보냈다. 기내 창문 너머로 스치는 구름과 햇살을 바라보며 마음속에서는 수많은 생각이 뒤엉켰다.

'내 연기가 이 낯선 무대에서 관객의 마음에 닿을 수 있을까?'

늦은 밤, 호텔 방에 들어와 짐을 풀고, 잠시 눈을 감았다. 머릿속에는 공연의 장면과 대사, 첼로 선율, 한국무용 동작이 겹쳐졌다. 에든버러의 낯선 공기, 거리의 습기, 그리고 바람 냄새마저 이미 내 마음을 두근거리게 만들었다.

다음 날 아침, 버스를 타고 극장으로 향했다. 창밖으로 펼쳐진 에든버러의 거리는 한 폭의 수채화 같았다. 골목길을 따라 늘어선 고풍스러운 건물들, 커피 향이 은은하게 풍기는듯한 작은 카페, 그리고 느긋하게 오가는 사람들의 발걸음까지, 모든 것이 낯설면서도 흥미로웠다.

사람들은 흔히 산 정상에서 행복과 성공을 찾으려 한다. 누구나 최고가 되기를 꿈꾸지만, 진짜 성장은 오르는 과정 속에서 일어난다. 오늘 내가 밟는 극장의 무대, 그동안의 준비와 연습이 바로 그 과정이다.

극장에 도착하자, 내 심장은 빠르게 뛰기 시작했다. 무대 위를

걸으며 조명, 관객석과의 거리, 소리의 울림을 하나하나 점검했
다. 몸은 피곤했지만, 마음은 마구 뛰었다. 그동안의 노력과 매일
의 연습이 지금 이 순간을 위해 존재하는 것처럼 다가온다.

　버스 안에서 보았던 거리 풍경, 골목길의 명암, 카페의 간판, 사
람들의 발걸음과 표정까지. 그 모든 감각이 내 안에서 재생되며,
나를 무대와 연결시킨다. 여기까지 오는 동안의 시간과 감정이
내 안에서 하나로 녹아 들어온다.

■ 인생도 연기 ■

　인생은 한 권의 책과 같다. 한 번 펼치면 처음으로 돌아갈 수
없기에, 한 페이지씩 정성껏 읽어야 한다. 페이지를 채우는 것
은 오롯이 나의 몫이다. 오늘 멀고도 생경한 이 땅에서 맞는 첫
공연도, 앞으로 내 삶과 무대를 기록하는 중요한 한 페이지가
되어 나를 기다리고 있을 것이다.

5. 에든버러, 무대 위의 첫 숨결

시차적응이 되지 않았는지 새벽 5시쯤 눈이 떠졌다. 짬을 내 숙소 앞길을 걸었다. 에든버러의 하늘은 맑고 공기는 상쾌하다. 걷다가 발견한 공원의 하늘 위로 무지개가 선명하게 떠 있었다. 이렇게나 큰 무지개는 처음이다. 너무나 감동적이다. 마치 연극의 클라이맥스처럼, 내 마음을 사로잡는다. 멋진 선물을 보여준 에든버러 하늘을 올려다보며 내 스스로에게 말한다.

"절대 늦은 때란 없다. 시간은 삶이 끝날 때만 끝난다. 어떤 것이든 가능성이 있다. 온 마음을 담아낸다면 무엇이든 이룰 수 있다."

일곱 색깔 무지개를 가득 안고 극장으로 향했다. 공연 무대는 성 어거스틴 교회 내부의 파라다이스 극장이다. 전통적인 스코틀랜드 고딕 양식의 극장 안으로 들어서자, 오래된 벽과 따뜻한 조명이 마음을 평온하게 감싼다. 긴 세월 동안, 많은 이들의 기도와 응원이 쌓인 듯, 극장은 따뜻하게 숨을 쉬고 있었다.

하지만 낯선 공간과 제한된 리허설 시간은 긴장감을 높인다. 시차로 몸은 피곤했지만, 한마디 한마디의 대사에 온 마음을 담아 리허설에 집중했다.

모든 준비를 마치고 해외에서의 첫 막이 올랐다. 에든버러에서의 첫 공연이기도 하다. 실수 없이 감정을 무대에 온전히 쏟아내기 위해 집중했다. 그런데 연극이 끝나고 나니 나도 모르게 감정

이 몰려왔다. 관객의 박수가 가슴을 울리고, 무대에서 꾹 참았던 눈물이 뺨을 타고 흘렀다.

무대 뒤 분장실에 돌아와, 의상을 갈아입으며 잠시 혼자가 되어 소용돌이치는 감정을 음미했다. 이 감정을 오롯이 내 마음으로 느끼고 싶었다. 이 경험도 내 안에서 하나의 이야기가 되고 배우의 결을 한층 다채롭게 만든다.

첫 공연을 마친 나는, 무대의상인 웨딩드레스를 입은 채 거리로 나섰다. 세계적으로 유명한 에든버러 페스티벌이 벌어지는 도시 곳곳은 각양각색의 사람들로 넘쳐났다. 나는 이곳에서 무명 배우일 뿐이다. 사람들에게 〈웨딩드레스〉 팸플릿을 전하며 서툰 영어로 홍보했다.

"I am Juhwa Lee, an actress from Korea. I will be performing the monodrama 'Wedding Dress' at St. Augustine's Paradise Theatre. It is a story about a mother and her daughter. Please come and watch!"

"한국에서 온 배우 이주화입니다. 모노드라마 〈웨딩드레스〉 공연을 성 어거스틴 파라다이스 극장에서 올립니다. 엄마와 딸의 이야기입니다. 많이 보러 와주세요."

나는 간절한 마음으로, 온 힘을 다해 알렸다. 얼마나 바라던 해외 무대였던가. 꿈속에서도 그려왔던, 나만의 모노드라마 무대가 이곳에서 펼쳐진다. 에딘버러 페스티벌은 전 세계를 누빌 이주화의 모노드라마 〈웨딩드레스〉를 알릴 출발점이다.

■ 인생도 연기 ■

기다림과 노력, 그리고 간절함이 모여,
평범한 순간도 특별하게 바뀐다.

6. 이 순간, 나는 살아있다

목이 조금 따끔거리고 열이 난다. 에든버러에 오기 전, 남편은 "여보, 약 좀 챙겼어요. 아프지 말고 잘 다녀와요"라고 했다. 만약 지금 목이 아프지 않았다면, 나는 남편이 챙겨준 약 가방을 열어 보지도 않고 한국으로 그대로 가져왔을 것이다.

가방을 열자, 나는 "여보~"하며 지금 당장 전속력으로 달려가 안기고 싶은 마음이 들었다. 남편은 증상별로 약을 일일이 구분하고, 펜으로 꼼꼼히 표시해 두었다. 결혼한 지 20년 가까이, 한결같이 나를 사랑하고 지켜주는 그 덕분에, 나는 어디서든 힘낼 수 있다. 다시 힘을 낸다. 어쩌면 다시 오지 않을 기회를, 조금 아픈 몸 때문에 지나칠 수 없다.

'한번쯤은 죽을힘을 다해 노력해 봐. 정말 죽을 것 같아 포기하고 싶을 때, 네가 포기할 수 없을 만큼 좋은 것들이 기다리고 있을 거야.'

새로운 환경, 낯선 무대, 처음 느껴보는 긴장 속에서 연기하며, 나는 연기를 처음 시작할 때의 절박함이 떠오른다. 그때처럼 매 순간이 마지막이라는 마음으로, 나는 모든 것을 쏟아 몰두했다.

지금 내가 나의 감정에 솔직하지 못하고 최선을 다하지 못한다면, 30년 연기의 결정판인 1인극 〈웨딩드레스〉는 영국 에든버러에 아쉬움으로 남을 것이다. 되돌릴 수도, 다시 가져올 수도 없는 소중한 순간이다.

나는 연기자다. 대본을 읽고, 역할에 집중하고, 치열하게 분석하고 공부하고 찾아내어, 무대 위에 오를 때 비로소 살아있음을 느낀다. 매 순간이 깨어 있는 순간, 가슴은 뛴다.

에든버러에서 나는 내 모든 감각과 세포 하나하나까지 느끼며 호흡하고 연기한다. 관객들이 그 시간 속에서 나와 함께 살아갈 수 있도록.

그리고 매번 공연을 마칠 때마다 나는 웨딩드레스를 갈아입지 않고 팸플릿을 들고 거리로 나갔다. 웨딩드레스 차림으로 직접 홍보에 나섰다. 많은 사람들이 큰 관심을 보였다. 무대에서뿐 아니라, 내가 할 수 있는 모든 것을 다하고 싶었다. 지금 이 시간은 다시 오지 않는다.

한국이 아닌, 영국 에든버러 페스티벌의 축제 현장에서, 나는 살아있음을 온전히 느낀다. 살면서 이렇게 흥분되고 설렜던 적이 몇 번이나 있었던가? 심장이 요동친다.

■ 인생도 연기 ■

포기하지 않았다면, 후회는 없다.

2004 · COMEDY RESERVE
FRINGE
2004 · PLEASANCE GRAND
2004 · HARTILL FUND
1995 · PLEASANCE LONDON
1995 · YOUNG PLEASANCE
1992 ·
1985 · THE FIRST FRINGE
40
LIST
LIST.co.uk
The Skinny-Fest Festival Awards
CABARET BAR
PLEASANCE
40 YEARS OF FUND
40
2024
HOUSE of EDINBURGH

7. 눈물 속 에든버러

에든버러에서 맞이한 네 번째 날이다. 매 공연의 감동과 긴장이 아직 가시지 않은 아침이다. 전날 공연을 마치고 나니, 현지의 외국인 스태프들이 나를 향해 엄지척을 해주었다. 그들의 눈빛에서 진정성이 느껴졌다. 그들이 내게 보여준 작은 제스처만으로도 나는 세상을 가진 듯 기뻤다.

페스티벌을 찾은 외국인 관객들 중, 특히 기억나는 한 여성이 있다. 서른 중반의 백인 여성으로, 공연이 끝난 뒤에도 한동안 자리에서 떠나지 않았다. 그녀는 안경을 벗고 눈물을 펑펑 흘리고 있었다. 그녀를 보며 묘한 감정을 느꼈다. 혹시 엄마와 딸, 혹은 결혼과 작별에 대한 비슷한 경험이 있을까.

전 세계 예술가들이 모인 영국 에든버러 축제에서 단 한 사람이라도 내 연기를 보고 공감한다면, 나는 만족한다. 이곳에 오길 참 잘했다고 생각한다.

이곳에 도착해 아침마다의 루틴도 생겼다. 눈을 뜨면 공원으로 나가 산책과 운동으로 몸과 마음을 다잡는다. 공연을 준비하며 홀로 걷다 보면 어제의 공연이 떠오르고 오늘 어떻게 연기할지 고민하게 된다.

오늘은 산책길에서 달팽이를 만났다. 천천히 자기 길을 가는 달팽이를 한참 동안 지켜보았다. 주변에 사람과 강아지가 많아

혹시 다치지 않을까 걱정하며 그 앞에 앉아 있었다.

"안녕~ 반가워. 난 한국에서 왔어. 포기하지 않고 느리지만 너의 길을 가는 모습을 기억할게. 다치지 말고 잘 지내. 내일 또 만나자. 나도 오늘 최선을 다해 열심히 할게!"

작고 느린 달팽이조차 자신의 길을 멈추지 않는 모습에서 나는 또 다짐했다.

■ 인생도 연기 ■

비록 천천히 가더라도 끝까지 나아가자.

8. 에든버러의 기억들

에든버러에 온 지 2주가 지나가는데도 어김없이 새벽 다섯 시면 눈이 떠진다. 오늘은 어제와 다른 길을 걸어본다. 맑은 하늘과 눈부신 햇살이 마음을 깨운다.

"기회는 언제 올지 모르지만, 희망은 어딘가에 숨어 있다."

이 말처럼 나는 공연 사이사이 시간을 내어 여러 나라 배우들의 무대와 작품을 찾아본다. 에딘버러의 다양한 공연으로 내 외연도 확장된다. 보는 만큼 넓어진다. 세계 각국에서 모인 예술가들. 언어도 인종도 다르지만 그들의 눈빛에는 같은 열정이 담겨 있다. 예술을 사랑한다는 마음, 그 마음은 국경을 초월한다.

더불어 에든버러에서는 '코리아 시즌'이 한창이다. 한국 작품 〈흑백다방〉은 매회 매진을 기록 중이고, 〈뮤지컬 유앤잇〉(YOU&IT)과 2인극 〈스케치〉(Sketchy)도 감동을 준다. 작은 무대에서도 최선을 다하는 배우들에게 큰 박수를 보낸다.

내년 이곳에서, 내 모노드라마 〈웨딩드레스〉도 더 많은 관객의 사랑을 받을 수 있을까? 꿈은 또 다른 꿈을 낳는다. 매년 이곳에서 공연을 이어간다면 얼마나 좋을까.

밤이 되면, 에든버러 성 앞에서 밀리터리 타투가 펼쳐진다. 세계 각국의 군악대와 무용단이 장엄한 행진을 이어간다. 축제는 이 도시 전체를 거대한 무대로 만든다. 나는 그 웅장함 속에서, 내가 서 있는 무대와 내가 만드는 순간 역시, 소중하다고 새삼 깨닫는다.

곳곳을 다니면 거리의 숨결도 밀려온다. 거리마다 버스커의 목소리, 마술사의 제스처, 곡예사의 곡선이 퍼져나간다. 사람들은 오래된 돌길 위에서 웃고, 손뼉을 치고, 팸플릿을 손에 모은다. 나는 그 속에 있고, 그 소음과 리듬이 내 심장 박동과 닿는다.

에든버러 프린지는 숫자로도 압도적이다. 수천 개의 쇼, 수백 개의 공간, 수많은 국적의 배우들. 언어가 달라도, 국가가 달라도, 관객이 다른 문화에서 와도, 이런 순간들은 예술이 사람을 잇는 다리임을 느끼게 한다.

누구나 죽음을 맞이한다. 그러나 그 사람을 사랑하고 기억하는 한, 그는 여전히 누군가의 마음속에 살아있다. 예술은 그렇다. 무대 위에서 흘린 땀과 눈물이 시간 속에 사라지는 듯해도, 누군가

의 가슴에 울림으로 남아 다시 살아난다. 삶과 죽음은 이어져 있다. 그리고 그 사이를 연결하는 것이 바로 예술이다. 배우들은 오늘도 무대 위에서, 거리 위에서, 그리고 누군가의 기억 속에서 살아갈 것이다. 예술은 내가 죽는 날까지 삶을 계속 이어가게 할 가장 확실한 숨결이다.

■ 인생도 연기 ■

삶은 국경이 없는 몰입과 공감의 연속이다.

9. 사인으로 가득한 웨딩드레스

여느 때처럼 산책 후 무대에 올랐다. 오늘은 너 득별한 무대다. 에든버러에서의 마지막 공연이다. 혼신을 다해 그리고 진심을 다해 연기했다.

공연이 끝난 후, 나는 무대 위에 한동안 서 있었다. 내 몸을 감싸고 있는 흰색의 웨딩드레스를 만져보았다. 이 드레스는 내게 단순한 의상이 아니다. 지난 30년간의 연기 인생, 수많은 감정과 순간, 무대 위에서 내 땀과 호흡이 스며든 나의 '두 번째 피부'다.

마지막 호흡을 갈무리한 나는 관객들에게 조심스럽게 다가갔다. 그리고 그들에게서 사인을 받았다. 종이가 아닌 순백의 웨딩드레스에 사인을 받았다. 태연한 척했지만 가슴이 많이 떨렸다.

처음에는 한두 사람에게만 부탁했지만, 곧 여러 나라에서 온 관객들이 드레스 위에 사인과 응원문구를 남겼다. 젊은 배우, 여행 온 학생, 은발의 노부부. 그들의 손끝 하나하나가 드레스 위에 작은 흔적을 새겼다.

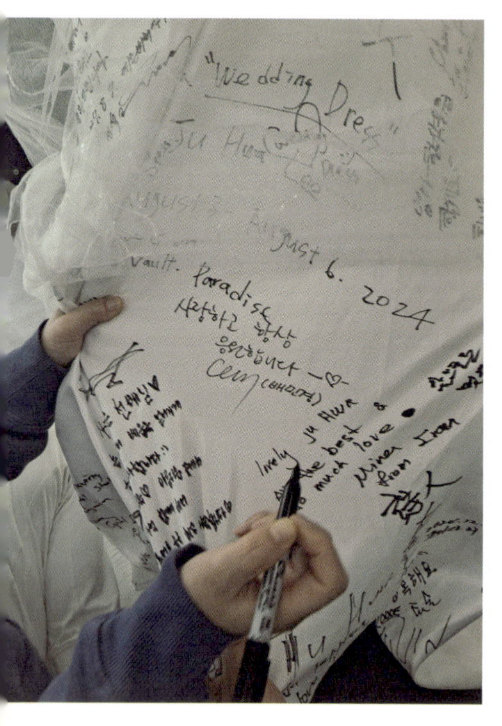

여러 사인 중 기억에 남는 게 있다. 에딘버러를 떠나 한국행 비행기에서 받은 노부부의 사인이다. 그들은 내 연기 인생을 응원하며, 언젠가 모노드라마 〈웨딩드레스〉를 꼭 보고 싶다고 했다. 〈웨딩드레스〉는 예술가와 관객, 그리고 마음을 나눈 모든 이들의 응원과 교감이 담긴, 세상에서 단 하나뿐인 보물이 되고 있었다.

무대 위에서의 연기뿐 아니라, 이렇게 직접 사람들과 만나고 교감하는 순간들도 내게는 더없이 소중하다. 웨딩드레스를 수놓은 사인들이 나의 마음과 열정을, 그리고 이곳에서 느낀 모든 감동을 오래도록 기억하게 한다.

■ 인생도 연기 ■

인생은 한 번뿐이지만, 사랑과 교감은 오래도록 마음속에 남는다.

10. 시간과 공간을 잇는 웨딩드레스
- 일본 공연

에든버러에서 나는 관객들의 박수와 전 세계에서 온 동료 예술가들의 사인이 가득 담긴 웨딩드레스를 안고 한국으로 돌아왔다.

그 드레스는 내가 경험한 모든 순간과 사람들의 마음을 담은 살아있는 기록이다. 사람들의 손글씨와 따뜻한 응원이 옷감 위에 새겨져, 그 자체로 무대 위의 또 다른 주인공이 되어 반짝인다. 내 인생 박물관의 가장 소중한 소장품이 됐다.

나는 드레스를 바라보며 "이 순간, 이 감정, 이 사람들과의 교감이 내 안에 영원히 남아 있다"고 느꼈다. 그리고 나는 이제 이 감정을 오사카의 관객에게 전하게 됐다.

시간이 흘러, 한해가 지나 또 다른 여름이 왔고 나는 일본 오사카로 향했다. 1인극 〈웨딩드레스〉가 오사카 효겐샤 고보우(表現者工房) 극장에서 열린 '2025 오사카 인터내셔널 공연 페스티벌'에 공식 초청된 것.

간사이 공항에 내려 지하철을 타고 이동하며 도시의 소리와 풍경을 감지한다. 사람들의 발걸음, 간결하게 들려오는 안내방송, 질서정연하게 줄을 서는 시민들… 한국이나 에든버러와는 다른 질서와 분위기 속에서 나는 또 다른 새 무대를 예감했다.

관객 중에, 일본 여배우도 있었다. 그는 "연기에 감동받았다"며 "해림이 엄마에서 할머니로 바뀌는 순간, 팔자걸음으로 바뀌고 곧은 허리가 굽어 지팡이를 짚는 디테일에 놀랐다"고 호평했다. ― 공연이 끝나고

나는 이번 일본 공연에선, 에딘버러에서 시작해 사인으로 가득한 웨딩드레스를 그대로 입고 무대에 섰다. 그 자체로 특별하다고 생각했다. 손끝으로 웨딩드레스에 새겨진 글씨들을 쓰다듬으며 일본 관객에게 전할 이야기를 마음속으로 정리하며 무대를 준비했다.

공연이 시작되자, 무대 위의 공기와 관객들의 숨소리까지 내 안에 훅 들어온다. 웨딩드레스가 몸을 감싸자, 나는 자연스럽게 에

140

든버러에서 느꼈던 전율을 떠올렸다. 이번에는 일본 관객이 그 대상이다. 관객의 조용하지만 예리한 시선, 눈빛 속 감정의 미묘한 떨림까지 읽으며 나는 한순간도 놓치지 않고 연기에 몰입했다.

공연 중인데, 한 남성 관객이 무대 끝에서 살며시 박수를 보내고 있었다. 나는 그 눈빛을 만나며, 말없이 공감했다. 무대에서 마주한 일본 관객들은 상대적으로 조용하지만, 눈빛과 숨결, 작은 몸짓으로 감정을 전했다. 박수나 환호가 크진 않아도, 집중하는 그들의 자세에서 몰입과 존중을 읽을 수 있었다. 처음에는 그 차이가 낯설고 긴장되었지만, 곧 나는 그 차이마저도 공연의 일부임을 깨달았다. 큰 박수와 환호가 아닌 미세한 움직임도 관객과 배우를 이어주는 단단한 고리였다.

공연이 끝나고, 일본 관객과 관계자들의 사인이 웨딩드레스 위에 하나씩 추가되었다. 한국, 영국, 이제 일본까지. 드레스에는 시간과 공간을 초월한 사람들의 마음이 더 담기게 됐다.

그날 밤, 혼자서 드레스를 바라보며 생각했다. 배우로 살아간다는 것, 그것은 단순히 연기를 하는 것이 아니라, 순간순간의 진심과 교감을 세상에 남기는 일이라고.

■ 인생도 연기 ■

살면서 다양한 곳에서 쌓아가는 기억과 감정, 교감은 하나로 이어져 내 삶의 기록이 된다.

5부

공연이 끝난 후에도 남는 것

배우에게 무대는 전쟁터 같기도 하고 성소 같기도 하다.
긴장과 두려움, 설렘과 감동이 한꺼번에 뒤엉키며
무대 위에서만 느낄 수 있는 특별한 진실을 만들어낸다.
그 진실이 조명과 함께 사라지는 것 같아도, 사실은 그렇지 않다.

Mondrina
Wedding Dress

1. 무대조명이 꺼진 뒤

무대 위 마지막 대사가 끝나고, 조명이 서서히 꺼진다. 암전의 순간, 객석은 숨을 죽인 듯 고요해진다. 그러나 내 안은 오히려 더 뜨겁다. 공연은 끝났지만, 관객의 눈빛과 호흡, 박수와 울음은 그대로 내게 남아 맥박처럼 뛴다.

무대를 떠나면 모든 것이 사라질 것 같지만 그렇지 않다. 관객의 눈물이 내 마음에 떨어져 여전히 젖어 있고, 누군가의 웃음은 오래된 등불처럼 따뜻하게 남아 있다. 한 번의 공연이 끝났다는 건 단순히 시간이 흘러갔다는 의미가 아니다. 그 시간 동안 주고받은 감정이 배우의 몸과 영혼 속에 각인된다는 뜻이다.

나는 자주 생각한다. 공연은 배우 혼자 만드는 것이 아니라고. 무대 위에서 내가 흘린 땀과 눈물만으로는 완성되지 않는다. 객석에 앉아 있던 관객이 함께 만들어준 눈빛, 숨소리, 박수, 그것들이 합쳐져 비로소 한 편의 연극이 된다. 공연이 끝나고 불이 켜지면 관객은 각자의 일상으로 돌아가지만, 우리는 분명히 연결되어 있었다.

배우에게 무대는 전쟁터 같기도 하고 성소 같기도 하다. 긴장과 두려움, 설렘과 감동이 한꺼번에 뒤엉키며 무대 위에서만 느낄 수 있는 특별한 진실을 만들어낸다. 그 진실이 조명과 함께 사라지는 것 같아도, 사실은 그렇지 않다.

지난 공연의 장면들을 떠올린다. 울음을 참지 못해 손수건으로 눈을 닦던 관객, 내 대사에 맞춰 고개를 끄덕이며 조용히 공감하던 노부부, 공연이 끝난 뒤 떨리는 손으로 내 손을 꼭 잡아주던 사람들. 그 모든 순간이 쌓이고 쌓여 나를 배우로 만든다.

무대 조명이 꺼진 뒤, 남는 것은 단순한 여운이 아니다. 그것은 삶을 버티게 해주는 힘이다. 이 힘이 있기에 나는 다시 대본을 펼치고, 다시 연습실로 나가고, 다시 무대 위에 선다. 공연은 끝나도, 그 안에서 태어난 감정과 기억은 결코 사그러지지 않는다. 무대가 꺼진 뒤에도 살아남은 것들. 그것이야말로 배우가 살아가는 이유이며, 예술이 존재하는 증거다.

그리고 노력에 대한 보상은 성공이 아닌 성장이다. 모노드라마 〈웨딩드레스〉의 공연 기간 동안 꼭 지키고 싶었던 나와의 약속이 있었다. 1인 다역을 거침없이 해내면서도 '나는 이만큼 연기 잘한다!'라는 모습을 보이려 애쓰지 않았다. 최대한 힘을 뺀 무대에서 그 공간을 사랑하며, 그 안에서 제대로 살아내려 애썼다.

수십 년 연기하며 가장 힘들었던 부분은 '보여지고 싶다'라는 욕구였다. 그래야만 연기를 제대로 한 것처럼 느껴졌기 때문이다. 소리를 지르고 감정을 폭발시키며 에너지를 쏟아야만 연기를 잘했다고 생각했다. 그러나 나는 이제 안다. 힘을 빼고 연기하는 것이 얼마나 어려운지, 그 균형점을 무대에서 찾는 것이 얼마나 중요한지를.

오랜 시간 남보다 더 눈에 띄어야 살아남을 수 있다고 믿었고, 그 믿음 때문에 목숨 걸고 몸부림쳤다. 하지만 1인극 〈웨딩드레스)에서는 내려놓았다. 30년 연기를 응축한 모노드라마라는 작은 계단을 오르며 나는 비로소 배움과 성숙을 체감한다. 비움은 관객과 함께 채움으로 완성된다.

■ **인생도 연기** ■

스스로를 증명하려 애쓰는 시간만큼, 내려놓고 느끼는 순간이 나를 깊게 만든다.

2. 세계가 담긴 웨딩드레스

내가 무대에서 입은 웨딩드레스, 서울에서 처음 입었을 때는 하나의 무대의상일 뿐이었다. 하지만 에든버러를 거쳐 오사카에 이르기까지, 이 드레스는 수많은 사람들의 마음을 품은 특별한 옷이 되었다.

지금 드레스 위에는 여러 사람의 사인과 짧은 메시지들이 차곡차곡 쌓여있다. 세계 각국의 글로 꾹꾹 눌러 쓴 글씨 속에는 저마다의 삶과 감정이 담겨 있다. 누군가는 단순히 이름만 남겼지만, 또 누군가는 눈물 맺힌 눈으로 "당신의 이야기가 내 인생과 닮아 있었다"고 속삭이며 글씨를 남겼다.

그 드레스를 다시 입고 오사카 무대에도 섰다. 일본 관객들은 공연이 끝난 후, 눈을 맞추며 천천히 다가와 작은 글씨로 응원의 메시지를 남겼다. 언어는 달라도, 마음의 울림은 같았다. 드레스 위에는 국경을 넘어선 진심이 켜켜이 새겨졌다.

이 웨딩드레스는 '교감의 지도'가 되었다. 서툰 글씨, 각기 다른 언어, 그러나 같은 마음. 세계가 하나의 옷 위에 모여든 것이다. 나는 안다. 이 옷은 내가 살아온 연기 인생과 앞으로 걸어갈 길을 증언하는 기록이자 상징이라는 것을.

언젠가 이 드레스를 더 이상 입지 못하는 날이 올지도 모른다. 하지만 그때에도 나는 이 드레스를 바라보며 기억할 것이다. 무

대 위에서 흘린 땀과 눈물, 그리고 국경과 언어를 넘어 이어진 사
람들의 진심을.

■ 인생도 연기 ■

대본 없는 무대 위에서 우리는 모두 배우다. 관객이 떠나도, 무
대가 끝나도, 인생의 연기는 계속된다.

3. 외로움 속에서 배운 것

모노드라마를 준비하면서 가장 힘든 순간은 늘 홀로 서 있는 시간이었다. 무대 위에서는 수많은 관객과 눈빛을 주고받지만, 그 무대를 만들기 위해 견뎌야 하는 시간은 철저히 혼자다. 연습실에서 나만의 공간에 앉아 대사를 되뇌고, 몸과 감정을 다듬으며, 때로는 높은 벽과 같은 막막함과 싸웠다.

혼자인 순간, 나는 배우로서 무엇을 잃고 무엇을 얻는지를 깊이 깨닫는다. 외로움은 처음에는 쓸쓸하고 두렵지만, 그 안에서 진짜 내가 누구인지 발견하게 한다.

모노드라마는 관객에게 보이기 위한 연기이기도 하지만, 동시에 나 자신과의 대화이기도 하다. 관객이 보지 않는 시간 속에서 나를 단련하고, 나를 이해하며, 내 삶을 무대 위로 옮기는 법을 배운다.

그리고 어느 순간, 그 외로움은 교감의 힘으로 변한다. 홀로 견뎌온 시간 덕분에 관객 한 사람의 눈빛, 한 번의 울음, 한 마디의 감탄이 얼마나 큰 힘을 주는지 알게 된다. 외로움 속에서 쌓인 연기와 감정은 무대에서 빛나며, 관객의 마음속으로 스며든다.

나는 배우로서, 그리고 사람으로서 알게 되었다. 외로움은 피해야 할 적이 아니라, 받아들여야 할 스승이라는 것을. 함께 가는 친구라는 것을. 고독 속에서 배운 감정과 깨달음이 모여, 나를 더

모노드라마는 관객에게 보이기 위한 연기이기도 하지만, 동시에 나 자신과의 대화이기도 하다. 관객이 보지 않는 시간 속에서 나를 단련하고, 나를 이해하며, 내 삶을 무대 위로 옮기는 법을 배운다.

깊은 배우로 만들고, 더 넓은 마음으로 사람들을 이해하게 한다.

모노드라마를 사랑하는 이유도 여기에 있다. 우리는 흔히 인생을 길에 비유한다. 한번 들어서면 되돌아갈 수 없는 길, 오직 자기 힘으로 걸어야 하는 길이다. 길 위에는 예기치 못한 장애물도 있고, 순조롭게 펼쳐진 순풍의 길도 있다. 때로는 방향을 잃고 헤매며 좌절과 실패를 경험하기도 하지만, 그 길은 결국 우리가 살아있음을 증명한다.

모노드라마와 인생은 같다. 힘들다고 주저앉지 말고, 외로움을 두려워하지 말자. 걸어가는 한 발걸음마다 용기가 깃들어 있고, 그 길 위에서는 새소리와 온갖 아름다운 꽃들이 우리를 기다린다. 힘들었던 시간조차 언젠가는 "다 인생의 한 부분이었구나" 하며 미소 지을 순간이 올 것이다.

■ 인생도 연기 ■

외로움 속에서 완성된 예술은 단순히 보여주기 위한 것이 아니라, 삶을 기록하고 기억하게 하는 도구다. 한편의 극이 끝난 뒤의 울림은 삶의 한 조각이 된다. 살아가며 우리가 느낀 감정이 곧 삶의 의미다.

모노드라마와 인생은 같다. 힘들다고 주저앉지 말고, 외로움을 두려워하지 말자. 걸어가는 한 발걸음마다 용기가 깃들어 있고, 그 길 위에서는 새소리와 온갖 아름다운 꽃들이 우리를 기다린다. 힘들었던 시간조차 언젠가는 "다 인생의 한 부분이었구나" 하며 미소 지을 순간이 올 것이다.

4. 다음 무대를 향한 다짐

처음 〈웨딩드레스〉 모노드라마를 시작했을 때, 나는 그저 한 장면 한 장면을 완벽하게 해내는 것에만 집중했다. 관객의 반응은 늘 긴장과 불안의 연속이었고, 무대 위에서 혼자 모든 것을 책임지는 모노드라마는 무척 외롭고 고독했다.

하지만 국내 무대에 이어 에든버러, 오사카에서 공연하며, 그리고 이듬해 미국 뉴저지와 영국 런던 공연을 준비하며, 나는 조금 달라졌다. 단순히 연기를 하는 배우가 아니라, 무대에서 온전히 살아내는 존재가 되었다. 다양한 환경에서 관객과 마주하며 나의 연기를 조율하는 법을 배웠다. 혼자가 아닌 무대와 객석을 연결하는 법을 깨달았다.

또한, 연기는 단순히 '잘하는 것'이 아니라, 마음을 전하는 것임을 더욱 깊이 이해하게 되었다. 나는 이제 두려움보다는 호기심과 도전 정신으로 무대를 바라본다. 다양한 언어와 문화 속에서도, 나는 내가 할 수 있는 최선을 다하며, 연기할 수 있음을 배웠다. 무대는 여전히 나에게 많은 질문을 던지지만, 그 질문에 답하는 과정 자체가 내 배우로서의 폭과 깊이를 더해 줄 게 틀림없다.

나는 새로운 도전과 경험 속에서 또 다른 나를 발견하며, 내 연기 인생의 다음 장을 채워나갈 준비가 되어 있다. 나는 또 꿈꾼

연기는 단순히 '잘하는 것'이 아니라, 마음을 전하는 것임을 더욱 깊이 이해하게 되었다. 나는 이제 두려움보다는 호기심과 도전 정신으로 무대를 바라본다.

다. 더 큰 무대, 더 많은 관객, 그리고 더 깊은 감동을 전하는 배우로서 살아갈 나 자신을. 처음 시작할 때의 두려움 대신, 배움과 도전, 그리고 희망으로 다음 무대를 향해 나아간다.

■ 인생도 연기 ■

경험과 배움은 나를 강하게 하고, 다음 장면을 빛나게 만든다.

5. 후배 배우에게 보내는 편지

사랑하는 후배 배우들에게,

무대 위에서 홀로 서 본 경험이 있는 배우라면, 그 외로움과 설렘을 분명히 이해할 수 있다. 모노드라마는 배우에게 가장 솔직하고 날 것 그대로의 시간이다.

첫 번째, 연습과 인내를 사랑하자

감정과 눈빛은 하루아침에 만들어지지 않는다.

반복된 몸의 움직임과 호흡으로 채운 낮, 혼자 대사를 되뇌던 수많은 밤. 이런 시간이 쌓여 비로소 관객과의 교감으로 이어진다.

외로움과 불안을 견디는 힘이 결국 진정한 배우로 만들어준다.

두 번째, 관객과의 교감을 믿어라

연극은 혼자만의 이야기가 아니다.

관객의 눈빛, 숨소리, 작은 웃음과 눈물이 무대 위 연기를 완성한다.

모노드라마에서 홀로 서 있을 때 느낀 그 외로움이, 관객과 만나는 순간 가장 큰 힘으로 폭발한다.

극단 후암
배우 이주화의 모노드라마
웨딩드레스
WEDDING DRESS
예인아트홀
2025. 12. 24~28
평일 7시 토,일,공휴일 4시
작, 연출 치현석
출연 이주화
협력연출 배효미/ 조명 배대두/ 포스터 디자인 이재민
공연문의 010 9851 2126/ 예매 인터파크
후원: 우주기획, 덕대건설(주), (주)애드웍스, (주)씨엔엠인터라거티브, (주)정우이엔이, (주)이룸씨앤에스,
(주)컴엔에스, (주)하나룩스, (주)에이텍솔루션, 한국방송연기자노동조합탤런트지부

세 번째, 실패와 좌절을 두려워하지 말자

무대에서 넘어지고, 대사를 놓치고, 감정이 어긋나는 순간이 있을 것이다. 그러나 그 모든 경험이 자신만의 색깔을 찾게 해준다.

좌절은 끝이 아니라, 배우가 오르는 계단을 단단하게 만드는 통과의례다.

네 번째, 인생도 연기다

배우로서의 시간은 단순히 무대 위 연기에 국한하지 않는다. 삶 자체가 연기이고, 삶에서 겪는 모든 감정과 경험이 연기를 더욱 풍부하게 만든다.

걱정과 설렘, 기대와 좌절, 실망과 고통, 그리고 환희는 무대뿐 아니라 삶 속에서 다시 마주치며 우리를 성장시킨다.

다섯 번째, 다시 꿈꾸는 용기와 기록

한 무대가 끝난다고 모든 것이 사라지지 않는다.

지난 공연에서 남긴 감정과 기억들은 다음 무대를 향한 에너지가 된다.

무대를 준비하고 마치는 과정을 자신만의 기록으로 축적해야 한다. 그건 도약을 위한 단단한 바탕이 된다.

여섯 번째, 초심을 잊지 말아야

연기를 처음 시작했던 마음을 기억하자.

30년 연기 인생을 돌아보니, 그 초심은 세월 속에 풀어진 마음을 다잡는 태엽과 같았다.

배우의 삶은 기다림의 연속이다. 배역이 오기를, 무대가 오기를, 관객이 오기를 기다려야 한다. 그 기다림 속에서 마음을 단단히 하고, 증오나 분노 같은 나쁜 마음이 생길 때는 '침을 인(忍)'을 떠올리자.

여러 감정을 다스리며 기다리는 힘을 길러야 한다.

일곱 번째, 두려워하지 말자

모노드라마는 외롭고 힘들었다. 그러나 온몸으로 겪은 그 과정은 무엇과도 바꿀 수 없이 소중하다.

흔들릴 때마다 나를 믿으며 나의 목소리, 움직임, 감정을 무대 위로 온전히 가져갔다. 무대 위에 홀로 서는 순간조차, 나는 혼자가 아니었다. 배우는 동료와 관객, 그리고 나 자신과 함께 서 있는 것이다.

나처럼 그 길을 걸어가게 될 후배들은, 훗날 나보다 훨씬 깊고 넓은 배우로 성장할 것을 믿는다. 그리고 언젠가 그 후배들이 만들어낸 무대와 감정은 또 다른 배우에게 희망과 용기가 될 것이다.

여덟 번째, 최고가 되는 법을 기억하라

내가 최고라는 자신감이 없으면 무대 위에 설 수 없다. 무대에 오르기 전, 배우는 이미 자신감으로 충만해야 한다. 내가 최고라고 믿고 무대에 오르면, 비로소 최고의 순간이 만들어진다. 그런 자신감은 그냥 생기지 않는다.

노력과 좌절, 그리고 도전이 반복되며 자신감은 축적된다. 또한 마지막이라는 간절함과 이것이 아니면 죽을 것 같은 절실함은 최고의 무대를 완성하는 열쇠다.

아홉 번째, 사람이 먼저다

기술로 무대를 장악할 수는 있어도, 관객의 마음을 움직이는 힘은 결국 배우의 사람됨에서 나온다. 그래서 연기를 잘하는 배우가 되기 전에, 먼저 좋은 사람이 되었으면 좋겠다.

사람을 깊이 이해하지 못하면 인물을 온전히 품을 수 없고, 타인의 슬픔과 기쁨을 헤아리지 못하면 관객의 마음에도 닿을 수 없다.

화려한 발성과 몸짓은 당신을 무대 위에 멋지게 세워줄 수 있다. 그러나 그 자리에서 오래 버티게 하는 힘은 인품이다. 배우를 끝까지 지켜주는 것은 재능이 아니라 사람이다.

열 번째, 당신의 빛을 믿어라

배우의 길은 끝이 없는 수행과도 같다. 박수갈채 속에 설 때가 있고, 지독한 고독 속에 홀로 있을 때도 있을 것이다. 그러나 당신이 무대 위에서 흘린 땀방울은 결코 당신을 배신하지 않는다. 화려한 주연이 아니어도 좋다. 이름 없는 단역이라도 괜찮다. 자신이 서 있는 그 좁은 공간을 진실로 채울 수 있다면,

당신은 이미 완성된 배우다. 밤하늘의 별이 빛나는 이유는 크기 때문이 아니다. 어둠 속에서도 제 자리를 지키기 때문이다. 부디 흔들림 없이, 자신만의 빛으로 무대를 밝히는 배우가 되기를 응원한다.

PS

먼저 무대에 선 선배의 노파심에 열 가지나 늘어놓았다. 버겁다면 다 잊어도 좋다. 다만 아이들이 미끄럼틀을 타며 소리 지르듯, 신나게 놀고 신나게 즐겼으면 한다. 연기는 결국 놀이이고, 무대는 마음껏 뛰어놀 수 있는 공간이다. 마음껏 즐기는 그 순간, 당신은 가장 빛나는 배우다.

■ 인생도 연기 ■

정답은 없다. 하지만 홀로 서는 외로움 속에서, 두려움을 받아들이며 자신이 가진 그릇에 진실을 담는 것이 중요하다. 많은 배우들이 검은 하늘을 밝히는 별처럼 무대에서 반짝반짝 빛나길 바란다.

모노드라마 **웨딩드레스**

초판 1쇄 인쇄일   2026년   3월 16일
초판 1쇄 발행일   2026년   3월 30일

지 은 이   이주화
만 든 이   이정옥
만 든 곳   평민사
　　　　　서울시 은평구 수색로 340 〈202호〉
　　　　　전화 : 02) 375-8571   팩스 : 02) 375-8573
　　　　　http://blog.naver.com/pyung1976
　　　　　이메일   pyung1976@naver.com
등록번호   25100-2015-000102호
  ISBN   978-89-7115-902-6   03800
정   가   15,000원